CUENTOS SACROPROFANOS

EMILIA PARDO BAZÁN

El día que encontré esta leyenda en una crónica franciscana, cuyas hojas amarillentas soltaban sobre mis dedos curiosos el polvillo finísimo que revela los trabajos de la polilla, quedéme un rato meditabunda, discurriendo si la historia, que era edificante para nuestros sencillos tatarabuelos, parecía escandalosa a la edad presente. Porque hartas veces observo que hemos crecido, si no en maldad, al menos en malicia, y que nunca un autor necesitó tanta cautela como ahora para evitar que subrayasen sus frases e interpreten sus intenciones y tomen por donde queman sus relatos inocentes. Así todos andamos recelosos y, valga esta propia metáfora, barba sobre el hombro, de miedo de escribir algo pernicioso y de incurrir en grandísima herejía.

Pero acontece que si llega a agradarnos o a producirnos honda impresión un asunto, no nos sale ya fácilmente de la cabeza, y diríase que bulle y se revuelve allí cula el feto en las maternas entrañas, solicitando romper su cárcel oscura y ver la luz. Así yo, desde que leí la historia milagrosa que - escrúpulos a un lado- voy a contar, no sin algunas variantes, viví en compañía de la heroína, y sus aventuras se me aparecieron como serie de viñetas de misal, rodeadas de orlas de oro y colores caprichosamente iluminadas, o a modo de vidriera de catedral gótica, con sus personajes vestidos de azul turquí, púrpura y amaranto. ¡Oh, quién tuviese el candor, la hermosa serenidad del viejo cronista para empezar diciendo: "¡En el nombre del Padre...!"

- I -

Eran muchos, muchos años o, por mejor decir, muchos siglos hace; el tiempo en que Francisco de Asís, después de haber recorrido varias tierras de Europa, exhortando a la pobreza y a la penitencia, enviaba sus discípulos por todas partes a continuar la predicación del Evangelio.

Los pueblecitos y lugarejos de Italia y Francia estaban acostumbrados ya a ver llegar misioneros peregrinos, de sayal corto y descalzos pies, que se iban derechos a la plaza pública y, encaramándose sobre una piedra o sobre un montón de escombros, pronunciaban pláticas fogosas, condenando los vicios, increpando a los oyentes por su tibieza en amar a Dios. Bajábanse después del improvisado púlpito y los aldeanos se disputaban el honor de ofrecerles hospitalidad, lumbre y cena.

No obstante, en las inmediaciones de Dijón existía una granja aislada, a cuya puerta no había llamado nunca el peregrino ni el misionero. Desviada de toda comunicación, sólo acudían allí tratantes dijonenses a comprar el excelente vino de la cosecha; pues el dueño de la granja era un cosechero ricote y tenía atestadas de toneles sus bodegas, y de grano su troj. Colono de opulenta abadía, arrendara al abad por poco dinero y muchos años pingües tierras, y según de público se contaba, ya en sus arcas había algo más que viento. Él lo negaba; era avaro, mezquino, escatimaba la comida y el salario a sus jornaleros, jamás dio una blanca de limosna y su mayor despilfarro consistía en traer a veces de Dijón una cofia nueva de encaje o una medalla de oro a su hija única.

Omite la crónica el nombre de la doncella, que bien pudo llamarse Berta, Alicia, Margarita o cosa por el estilo, pero a nosotros ha llegado con el sobrenombre de la Borgoñona. De cierto sabemos que la hija del cosechero era moza y linda como unas flores, y a más tan sensible, tierna y generosa como duro de pelar y tacaño su padre. Los mozos de las cercanías bien quisieran dar un tiento a la niña y de paso a la hucha del viejo, donde guardaba, sin duda, pingüe dote en relucientes monedas de oro; mas nunca requiebros de gañanes tiñeron de rosa las mejillas de la doncella, ni apresuraron los latidos de su seno. Indiferente los escuchaba, acaso burlándose de sus extremos y finezas amorosas.

Un día de invierno, al caer la tarde, hallábase la Borgoñona sentada en un poyo ante la puerta de la granja, hilando su rueca. El huso giraba rápidamente entre sus dedos, el copo se abría y un tenue hilo, que semejaba de oro, partía de la rueca ligera al huso danzarín. Sin interrumpir su maquinal tarea, la Borgoñona pensaba involuntariamente en cosas tristes. ¡Qué solitaria era aquella granja, Madre de Dios! ¡Qué aire tenía de miseria y de vetustez! ¡Nunca se oían en ella risas ni canciones; siempre se trabajaba callandito, plantando, cavando, podando, vendimiando, pisando el vino, metiéndolo en los toneles, sin verlo jamás correr, espumante y rojo, de los tanques a los vasos, en la alegría de las veladas!

"¿A qué tanto afanarse? -reflexionaba la niña-. Mi padre taciturno, vendiendo su vino, contando sus dineros a las altas horas de la noche; yo, hilando, lavando, fregando las cacerolas, amasando el pan que he de comer al día siguiente... ¡Ah!, ¡naciese yo hija de un pobre artesano de Dijón, de un vasallo del obispo, y sería más dichosa!"

Distraída con tales pensamientos, la Borgoñona no vio a un hombre que por el estrecho sendero abierto entre las viñas caminaba despacio hacia la granja. Muy cerca estaba ya, cuando el ruido de su báculo sobre las piedrezuelas del camino movió a la doncella a alzar la cabeza con curiosidad que se trocó en sorpresa así que hubo contemplado al forastero, el cual frisaría a lo sumo en los veinticinco años, si bien la demacración del rostro y el aire humilde y contrito le disimulaban la mocedad. Un sayal gris, que era todo él un puro remiendo, le resguardaba mal del frío; una cuerda grosera ceñía su cintura; traía la cabeza descubierta, desnudos los pies y muy maltratados de los guijarros y apoyábase en un palo de espino. Al punto comprendió la Borgoñona que no era un mendigo, sino penitente, el hombre que así se presentaba, y con palabras dulces y ademanes llenos de reverencia, le tomó de la mano y le hizo entrar en la cocina y sentarse junto al fuego. Veloz como una saeta

corrió al establo, y ordeñó la mejor vaca para traer al peregrino una taza de leche caliente. Partió del enorme mollete de pan un buen trozo, que migó en la taza, y arrodillándose casi, mostrando mucho amor y liberalidad, sirvió a su huésped.

Él agradeció en breves frases la caridad que le hacían, y mientras despachaba el frugal alimento comenzó a explicar, con suave pronunciación italiana, cosas que suspendieron y embelesaron a la Borgoñona. Habló de Italia, donde el cielo es tan azul, el aire tan tibio y, en especial, de la región de Umbria, amenísima en sus valles, y en sus montes severa. Después nombró a Asís, y refirió los prodigios que obraba el hermano Francisco, el serafín humano, el cual seguían, atraídos por sus predicaciones, pueblos enteros. Citó a una joven muy bella y de sangre noble, Clara, cuya santidad portentosa era respetada no sólo por los hombres, sino hasta por los lobos de la sierra. Añadió que el hermano Francisco había compuesto, para alabar a Dios y desahogar sus afectos de amor celestial, tiernos cánticos; y como la Borgoñona solicitase oírlos, el forastero cantó algunos; y aunque no entendía la letra, el tono y el modo de cantar del desconocido hicieron arrasarse en lágrimas los ojos

de la niña. El forastero tenía los suyos bajos, rehuyendo ver el rostro femenino, que adivinaba fresco, gracioso y juvenil. Ella, en cambio, devoraba con la mirada aquellas facciones nobles y expresivas, que la mortificación y el ayuno habían empalidecido.

Cerrada ya la noche, fueron entrando en la cocina los mozos y mozas de labranza, encendiéronse candiles y antorchas de resina, aumentóse el fuego con haces de secos sarmientos de vid y prepáraronse a aprovechar la velada, ellas hilando, ellos cortando y afilando estacas destinadas a sostener las cepas de viña. Todos miraban curiosamente al forastero, que en la misma actitud humilde permanecía junto al fuego, silencioso y sin adelantar las palmas de sus amoratadas manos hacia el grato calorcillo de la llama. Un rumor contenido se dejó oír cuando entró el amo de casa: todos querían saber qué diría el avaro de la presencia del huésped.

Pero la Borgoñona, saliendo a recibir a su padre con afabilidad suma, le contó cómo ella había ofrecido hospitalidad a aquel santo, a fin de que no pasase la noche al frío en algún viñedo. No mostró el viejo gran disgusto, y contentóse con encogerse de hombros, yendo a sentarse a su sitio acostumbrado en el banco, cerca del hogar. La velada empezó pacífica.

De pronto, el forastero, saliendo de su letargo, levantó la cabeza, y como si notase por primera vez que estaba próximo a una hoguera alegre y chispeante, comenzó a decir a media voz algunas palabras sobre la hermosura del fuego y la gratitud que el hombre debe a Dios por tan gran beneficio. La Borgoñona tocó al codo a su vecina, ésta transmitió la seña y en un instante callaron las conversaciones de la cocina para oír al penitente. Éste, arrastrado por su propia elocuencia, iba elevando la voz hasta pronunciar con entusiasmo su discurso.

De la consideración del fuego pasó a los demás bienes que nos otorga la bondad divina, y que estamos obligados a repartir con el prójimo por medio de limosna. Sí, obligados, pues de toda riqueza somos usufructuarios no más. ¿De qué sirve, por ejemplo, el tesoro encerrado en el arca del avaro? ¿De qué el trigo abundante en los graneros del hombre duro de corazón? ¿Creen ellos acaso que el Señor les dio tan cuantiosos bienes para que los guarden bajo llave y no alivien las necesidades del prójimo? ¡Ah! ¡El día del tremendo juicio, su oro será contrapeso horrible que los arrastre al infierno! ¡En vano tratarán entonces de soltar lo que en vida custodiaron tanto: allí, sobre sus lomos, estará el tesoro de perdición, y con ellos se hundirá en el abismo!

A medida que arengaba el penitente, los ojos del auditorio se fijaban en el cosechero, el cual, retorciéndose en el banco, no sabía qué postura tomar ni qué gesto poner. El penitente, incorporándose, hablaba ya casi a gritos, con voz vibrante y sonora. De repente, mudando de registro, encareció los placeres de la limosna, la dulzura inefable del espíritu que premia el sacrificio de bienes perecederos dados por el amor de Dios. Sus frases persuasivas fluían como miel, sus ojos estaban húmedos y revulsos. Las mujeres del auditorio, profunda y dulcemente conmovidas, soltaron la rienda al llanto, y mientras ellas acudían a los delantales para secar sus lágrimas, otras rodeaban al peregrino y se empujaban para besar el borde de su túnica. La Borgoñona, con las manos cruzadas, parecía como en éxtasis.

El cosechero, que había dejado escapar visibles muestras de impaciencia, no pudo sufrir semejante escena, y murmurando entre dientes empujó a unos y otros fuera de la cocina, dando por concluida la velada. Cuando dejó de oírse el ruido de los gruesos zapatos de los labradores que partían, pidió lacónicamente la cena. Según costumbre del país, la Borgoñona sirvió a su padre y al forastero. Éste, callado y humilde como al principio, apenas honró el rústico banquete y rogó le permitiesen retirarse. La Borgoñona le condujo a una sala baja donde había extendida paja fresca, y en seguida, volviéndose a la cocina, intentó cenar.

Los bocados se le atravesaban en la garganta; su estómago rehusaba el alimento, y viendo a su padre sombrío y ceñudo, resolvióse a preguntar qué opinaba acerca de los discursos del peregrino y lo que había dicho respecto a la caridad.

-Paréceme, padre -añadió-, que si no nos engaña el gentil predicador, nuestro fin será irnos al infierno en derechura, pues en nuestra casa hay oro, pan y vino en abundancia y nunca damos limosna.

Al pronunciar estas palabras, sonreíase dulcemente para congraciar al viejo. Pero él, montando en cólera terrible, golpeó fuertemente la mesa con su vaso de estaño, maldijo a la hija que había traído a casa aquel mendigo desharrapado y loco, que acaso fuese un bandido disfrazado, y amenazó ir sin demora a cogerle de un brazo y echarle de la granja; con lo cual, la doncella se retiró a su cuarto trémula y confusa.

En toda la noche apenas logró pegar los ojos. Veía al viajero, oía de nuevo su persuasiva y cálida voz y notaba las variaciones de su rostro, trasfigurado por la unción y fervor de la plática. El lecho de la Borgoñona tenía ascuas y espinas; su conciencia estaba tan despierta como si hubiese cometido un crimen; durmióse un instante y vio en sueños a su padre arrastrado por negros demonios que le aporreaban con sacos llenos de monedas. Apenas un rayo de luz pálida anunció el amanecer, la Borgoñona saltó de la cama y, a medio vestir y en cabello, corrió a la estancia del peregrino.

Éste tenía la puerta abierta y rezaba de rodillas con los brazos en cruz. Hallábase tan arrebatado en la oración, que le pareció a la niña que más de un palmo se levantaba del suelo. Al ruido de los pasos de la Borgoñona, el forastero se puso en pie de un salto y mostró el rostro bañado en lágrimas, y al mismo tiempo resplandeciente de un júbilo celestial; pero cuando se fijó en la Borgoñona, al punto mudó de semblante. Fue como si le cerrasen con llave las facciones. Bajó los ojos y, cruzándose de brazos, preguntó a la niña qué deseaba. Ella, con movimiento rapidísimo, se echó a sus pies, y abrazando sus rodillas toda turbada, rompió a decirle que en aquella casa había riquezas estériles, tesoros malditos, que causarían la perdición de su dueño; que allí jamás se había dado al pobre ni un puñado de espigas, antes era su sudor el que rellenaba las arcas; que ella se encontraba arrepentida y resuelta, para asegurar su salvación y la de su padre, a irse por el mundo descalza,

pidiendo limosna y haciendo penitencia, para lo cual pedía al forastero su bendición y que la llevase en su compañía y le enseñase a predicar y a seguir la regla del beato Francisco, la humanidad y pobreza absoluta.

Permanecía el misionero mudo, inmóvil. No obstante, las palabras de la Borgoñona debían de producirle extraño efecto, porque ésta sentía que las rodillas del penitente se entrechocaban temblorosas, y se veía su faz demudada y sus manos crispadas, cual si se clavase en el pecho las uñas. La doncella, creyendo persuadir mejor, tendía las palmas, escondía la cara en el sayal empapándolo en sus lágrimas ardientes. Poco a poco, el penitente aflojó los brazos y por fin los abrió, inclinándose hacia la niña. Pero de pronto, con una sacudida violenta, se desprendió de ella y casi la echó a rodar por el suelo. La cabeza de la Borgoñona dio contra las losas del pavimento y el penitente haciendo la señal de la cruz y exclamando "¡Hermano Francisco, valme!", saltó por la ventana y se perdió de vista en un segundo. Cuando la Borgoñona se incorporó llevándose la mano a la frente lastimada, sólo quedaba del misionero la señal de su cuerpo en la paja donde había dormido.

Todo el día se lo pasó la Borgoñona cosiendo una túnica de burel grosero, de la misma tela con que solían vestirse los villanos y jornaleros vendimiadores. Al anochecer salió a la granja y cortó un bastón de espino; bajó a la cocina y tomó de un rimero de cuerdas una muy gruesa de cáñamo, y subiendo otra vez a su habitación, empezó a desnudarse despacio, dejando sobre la cama, colocadas en orden, las diversas prendas de su traje.

En el siglo XIII, pocas personas usaban camisas de lino. Era un lujo reservado a los monarcas. La Borgoñona tenía pegado a las carnes un justillo de lienzo grueso y un faldellín de tela más burda aún. Quitóse el justillo y soltó sobre sus blancas y mórbidas espaldas la madeja de su pelo rubio que de día aprisionaba la cofia. Esgrimió la tijera, que solía llevar pendiente de la cintura, y desmochó sin piedad aquel bosque de rizos, que iban cayendo suavemente a su alrededor, como las flores en torno del arbusto sacudido por el aire. Se sentó la cabeza, y hallándola ya casi mocha igualó los mechones que aún sobresalían; luego se descalzó; aflojó la cintura del faldellín, se puso el sayal sosteniendo el faldellín con los dientes por no quedarse del todo desnuda; soltó al fin la última prenda femenina, se ciñó la cuerda con tres nudos como la traía el penitente, y empuñó el bastón. Pero acudió una idea a su mente, y recogiendo las matas de pelo esparcidas aquí y allí, las ató con

la mejor cinta que tenía y las colgó al pie de una tosca Nuestra Señora, de plomo, que protegía la cabecera de su lecho. Aguardó a que la noche cerrase, y de puntillas, se lanzó a oscuras al corredor; bajó a tientas la escalera carcomida, se dirigió a la sala baja donde había hospedado al penitente, abrió la ventana y salió por ella al campo. Tal arte se dio a correr, que cuando amaneció estaba a tres leguas de la granja, camino de Dijón, cerca de unos hatos de pastores.

Rendida se metió en un establo, del cual vio salir el ganado antes, y acostándose en la cama de las ovejas, tibia aún, durmió hasta el mediodía. Al despertarse resolvió evitar a Dijón, donde algún parroquiano de su padre podría conocerla.

En efecto, desde aquel día procuró buscar las aldeas apartadas, los caseríos, solitarios, en los cuales pedía de limosna un haz de paja y un mendrugo de pan. Mientras caminaba, rezaba mentalmente, y si se detenía, arrodillábase y oraba con los brazos en cruz, como el peregrino. El recuerdo de éste no se apartaba un punto de su memoria y copiaba por instinto sus menores acciones, añadiendo otras que le sugería su natural despejo.

Guardaba siempre la mitad del pan que le ofrecían, y al día siguiente lo entregaba a otro pobre que encontrase en el camino. Si le daban dinero, iba corriendo a distribuirlo entre los necesitados, pues recordaba que, según el penitente, nunca el beato Francisco de Asís consintió tener en su poder moneda acuñada.

Al paso que seguía esta vida la Borgoñona, se desarrollaba en ella un don de elocuencia extraordinaria. Poníase a hablar de Dios, de los ángeles, del cielo, de la caridad, del amor divino, y decía cosas que ella misma se admiraba de saber y que las gentes reunidas en derredor suyo escuchaban embelesadas y enternecidas. Dondequiera que llegaba la rodeaban las mujeres, los niños se cogían a su túnica y los hombres la llevaban en triunfo.

Es de notar que todos la tenían por un jovencito muy lindo, y a nadie se le ocurrió que fuese una doncella quien tan valerosamente arrostraba la intemperie y demás peligros de andar por despoblado. Su pelo corto, su cutis oscurecido ya por el sol, sus pies endurecidos por la descalcez le daban trazas de muchacho, y el sayal grueso ocultaba la morbidez de sus formas.

Gracias al disfraz, pudo pasar entre bandas de soldados mercenarios y aun de salteadores, sin más riesgo que el de sufrir algunos zurriagazos con las correas del tahalí, género de broma que no perdonaban los soldados. Muchos se compadecieron de aquel rapaz humilde y le dieron dinero y vino; otros se burlaron; pero nadie atentó a su libertad ni a su vida.

En la selva de Fontainebleau sucedióle a la Borgoñona la terrible aventura de abrigarse bajo un árbol de donde colgaban humanos frutos: los pies péndulos de un ahorcado la rozaron la frente. Entonces, con valor sobrehumano, abrió una fosa, sin más instrumentos que su bastón de pino y sus uñas. Descolgó el cadáver horrendo, que tenía la lengua fuera y los ojos saliéndose de las órbitas, y estaba ya picado de grajos y cuervos, y mal como supo, reuniendo sus fuerzas, lo enterró. Aquella noche vio en sueños al penitente, que la bendecía.

Pero tantas fatigas, tan larga abstinencia, tan duras mortificaciones, una vida tan áspera y desacostumbrada, abrieron brecha en la Borgoñona y su salud empezaba a flaquear, cuando llegó a una gran villa, que preguntando a los aldeanos verduleros, supo era París.

Entró, pues, en París pensando si quizá moriría allí el peregrino, si lo encontraría casualmente y podría rogarle que le proporcionase un asilo como el que Clara ofrecía a sus hijas, un convento donde acabar su penitencia y morir en paz. Con estos propósitos se internó en un laberinto de calles sucias, torcidas, estrechas, sombrías: el París de entonces.

Embargaba a la Borgoñona singular recelo. En aquella ciudad vasta y populosa, donde veía tanto mercader, tanto arquero, tantos judíos en sus tenduchos, tantos clérigos graves que pasaban a su lado sin volver la cabeza, no se atrevía a pedir hospitalidad, ni un pedazo de pan con que aplacar el hambre. Los edificios altos, las casas apiñadas, las plazuelas concurridas, todo le infundía temor.

Vagó como alma en pena las horas del día, entrando en las iglesias para rezar, apretándose la cuerda para no percibir el hambre, y a la puesta del sol, cuando resonó el toque de cubrefuego, que acá decimos de la queda, cubriósele a ella verdaderamente el corazón, y con mucha angustia rompió a llorar bajito, echando de menos por primera vez su granja, donde el pan no faltaba nunca y donde, al oscurecer, tenía seguro su abrigado lecho. Al punto mismo en que estas ideas acudían a su atribulado espíritu, vio que se acercaba una vejezuela gibosa, de picuda nariz y ojuelos malignos, y le preguntaba afablemente: ¿Cómo tan lindo mozo a tales horas solito por la calle, y si era que por ventura no tenía posada?

-Madre -contestó la Borgoñona- si tú me la dieses, harías una gran caridad, pues cierto que no sé dónde he de dormir hoy, y a más no probé bocado hace veinticuatro horas.

Deshízose la vieja en lástimas y ofrecimientos, y echando a andar delante guió por callejuelas tristes, pobres y sospechosas, hasta llegar a una casuca, cuya puerta abrió con roñosa llave.

Estaba la casa a oscuras; pero la vieja encendió un candil y alumbró por las escaleras hasta un cuarto alto.

Ardía un buen fuego en la chimenea. La Borgoñona vio una cama suntuosa, sitiales ricos y una mesa preparada con sus relucientes platos de estaño, sus jarras de plata para el agua y el vino, su dorado pan, sus bollos de especias y un pastel de aves y caza que ya tenía medio alzada la cubierta tostadita.

Todo olía a lujo, a refinamiento, y aunque el caso era sorprendente, atendido el pergeño de la vieja y la pobreza del edificio, como la Borgoñona sentía tanta hambre y de tal modo se le hacía agua la boca ante el espectáculo de los manjares, no se entretuvo en manifestar extrañeza.

Iba buenamente a sentarse y a trinchar el pastel, pero la vieja lo impidió. Convenía aguardar al dueño de la habitación, un hidalgo estudiante muy galán, que ya no tardaría, y era de tan afable condición, que a buen seguro que no pondría el menor reparo en partir su cena con el forastero.

En efecto, bien pronto, se oyeron resueltos pasos, y entró en la estancia un caballero, mozo, envuelto en oscura capa y con pluma de garza en el airoso birrete.

Al verle, quedóse estupefacta la Borgoñona, y no era para menos, pues aquel gallardo caballero tenía la mismísima cara y talle del penitente. Conoció sus grandes ojos negros, sus nobles facciones. Sólo la expresión era distinta. En ésta dominaba un júbilo tumultuoso, una especie de energía sensual. Quitóse el birrete, descubriendo rizados y largos cabellos; soltó la capa, y contestó con una carcajada a las disculpas de la vieja, que explicaba cómo aquel pobrecito penitente partiría con él, por una noche, la cena y el cuarto. Sentóse a la mesa muy risueño, y declaró que, aunque el camarada no parecía muchacho de buen humor, él haría por que la cena fuese divertida. Dijo esto con la propia voz sonora del penitente, tan conocida de la Borgoñona.

Retiróse la vieja y la Borgoñona tomó asiento confusa y atónita, mirando a su comensal y sin dar crédito al testimonio de los sentidos. Mientras mataba el hambre con el apetitoso pastel, sus ojos no se apartaban del mancebo, que comía y bebía por cuatro y, con mil chanzas, llenaba el vaso y el plato de la Borgoñona, que proseguía comparando al misionero con el estudiante.

Sí, eran los mismos ojos, sólo que antes no brillaba en ellos un fuego vivido y generoso, ni cabía ver el negro de las pupilas, porque estaban siempre bajos. Sí, era la misma boca, pero marchita, contraída por la penitencia, sin estos labios rojos y frescos, sin estos dientes blancos que descubría la sonrisa, sin este bigote fino que acentuaba la expresión provocativa y caballeresca del rostro. Sí, era la misma frente blanca y serena, pero sin los oscuros mechones de pelo que en torno juguetaban. Era el mismo aire, pero con otras posturas menos gallardas y libres.

Y así, poco a poco, tratando de cerciorarse de si el penitente y el hidalgo componían un solo individuo, la doncella iba deteniéndose con sobrada complacencia en detallar las gracias y buenas partes del mancebo, y ya le parecía que si era el penitente, había ganado mucho en gentileza y donosura.

El caballero, festivamente, escanciaba vino y más vino, y la Borgoñona, distraída, lo bebía. El vino era color de topacio, fragante, aromatizado con especias, suave al paladar, pero después se sentía correr por las venas como líquida llama.

A cada trago de licor, la Borgoñona juzgaba a su compañero de mesa más discreto y bizarro. Cuando la mano de éste, al ofrecerle el vaso, por casualidad, rozaba la suya, un delicioso temblor, un escalofrío dulcísimo, le subía desde las yemas de los dedos hasta la nuca, difundiéndose por el cerebro y el corazón. Su razón vacilaba, la habitación daba vueltas, la luz de cada uno de los cirios que alumbraban el festín se convertía en miles de luces. Y he aquí que el caballero, después de beber el último trago, se levantó, y juró que a fe de hidalgo estudiante, era hora de acostarse y digerir, con un sueño reparador, la cena.

Semejantes palabras despejaron un poco las embotadas potencias de la Borgoñona. Acordóse de que en la habitación no había más que un solo lecho, y alzándose de la mesa alegó humildemente, en voz baja, que sus votos obligaban a tener por cama el suelo, y que así dormiría, no siendo razón que se molestase el señor hidalgo. Pero éste con generoso empeño, protestó que no lo sufriría, y tendiendo en el suelo su capa, afirmó que dormiría sobre ella si el mozo penitente no le otorgaba un rincón del lecho, donde ambos cabían muy holgados.

La doncella se negó con espanto a admitir la proposición, y el estudiante con vigor juvenil, cogióla en brazos y la depositó sobre la cama. Ella, sintiendo otra vez desmayar su voluntad, cerró los ojos, y con singular contentamiento se dejó llevar así, apoyando la cabeza en el hombro del caballero y percibiendo el roce de sus negros y perfumados bucles.

Abrió el estudiante la cama, metió dentro a la Borgoñona, arregló la sobrecama bordada de seda y, con la misma dulzura con que se habla a los niños, preguntó si no le sería lícito al menos tenderse a los pies, que siempre estarían más blandos que el santo suelo. No encontró la Borgoñona objeción fundada que oponer, y el hidalgo se envolvió en su capa y se tumbó, poniendo por cabezal un almohadón, y al poco tiempo se le oyó respirar tranquilamente, como si durmiese.

La Borgoñona, en cambio, se revolvía inquieta. En vano quería recordar las oraciones acostumbradas a aquella hora. No podía levantar el espíritu; su corazón se derretía, se abrasaba; el penitente y el estudiante formaban para ella una sola persona, pero adorable, perfecto, por quien se dejaría hacer pedazos sin exhalar un ¡ay! La blandura del lecho incitando a su cuerpo a la molicie, reforzaba las sugestiones de su imaginación; en el silencio nocturno, le ocurrían las resoluciones más extremosas y delirantes: llamar al hidalgo, declararle que era una doncella perdida de amores por él, que la tomase por mujer o esclava, pues quería vivir y morir a su lado.

Pero ¿y aquellas matas de pelo colgadas al pie de la efigie de Nuestra Señora, acaso no eran prenda de un voto solemne? Con estas zozobras, las frentes se le abrían, las venas saltaban, zumbaban los oídos y la respiración sosegada del estudiante se la figuraba a la joven honda como el ruido de gigantesca fragua. ¡Oh tentación, tentación!

Sentóse en el lecho, y a la luz del fuego, que aún ardía, miró al estudiante dormido, pareciéndole que en su vida había contemplado cosa mejor, más sabrosa. Y así, embebida en el gusto de mirar, fuese acercando hasta casi beberle el aliento.

De pronto el durmiente se incorporó bien despierto, abriendo los brazos y sonriendo con sonrisa extraña. La doncella dio un gran grito, y acordándose del penitente, exclamó:

-¡Hermano Francisco, valme!

Al mismo tiempo saltó del lecho y huyó de la habitación como loca.

Cuatro a cuatro bajó las escaleras; halló la puerta franca y encontróse en la calle; siguió corriendo, y no paró hasta una gran plaza, donde se elevaba un edificio de pobre y humilde arquitectura; allí se detuvo sin saber lo que le pasaba.

Trató de coordinar sus pensamientos; los sucesos de la noche le parecían soñados, y lo que la confirmaba en esta idea era que no podía, por más que se golpease la frente, recordar la linda figura del estudiante. La última impresión que de ella guardaba era la de un rostro descompuesto por la ira, unas facciones contraídas por furor infernal, unos ojos inyectados, una espumante boca.

Del edificio humilde salieron cuatro hombres vestidos de túnicas grises amarradas con cuerdas y llevando en hombros un ataúd. La Borgoñona se acercó a ellos, y ellos la miraron sorprendidos, porque vestía su mismo traje. Impulsada por indefinible curiosidad, la doncella se inclinó hacia el ataúd abierto y vio, acostado sobre la ceniza, sin que pudiese caber duda alguna respecto a su entidad, el cadáver del penitente.

-¿Cuándo murió ese santo? -preguntó, trémula y horrorizada.

-Ayer tarde, al sonar el cubrefuego.

-Y ese edificio donde vivía, ¿qué es?

-Allí habitamos los pobres de la regla de San Francisco de Asís, los Menores, tus hermanos -contestaron gravemente, y se alejaron con su fúnebre carga.

La Borgoñona llamó a la portería del convento.

Nadie adivinó jamás el sexo del novicio, hasta que su muerte, después de una larga y terrible penitencia, hubo de revelarlo a los encargados de vestirle la mortaja. Hicieron la señal de la cruz, cubrieron el cuerpo con un paño tupido y lo llevaron a enterrar al cementerio de las Minoritas o Clarisas, que ya existían en París.

Cuando desde la altura de su patíbulo, abriendo las desecadas fauces, exhaló Cristo la más angustiosa de las Siete Palabras, María Magdalena, que estaba como idiota de dolor, estrechamente abrazada al tronco de la cruz, se estremeció y, recobrando energía y actividad, a impulsos de una compasión que la penetraba toda, se lanzó en busca de agua que aplacase la sed del moribundo Maestro.

No muy lejos del Calvario, sabía Magdalena que manaba, entre peñascos, purísimo y cristalino manantial. Pidió prestada una taza de arcilla a un hombre del pueblo de Jerusalén, de los que en tropel rodeaban la cruz, y se encaminó hacia la escondida fuente. Poco tardó en encontrarla, sintiendo profundo regocijo al pensar que aquella linfa fresquísima calmaría, siquiera momentáneamente, los sufrimientos del mártir. Surtía el chorro, más claro que cristal, de una grieta tapizada de musgo y finos helechos, y el rumor de su corriente lisonjeaba el oído y el corazón. Al recoger en el cuenco de barro el agua, Magdalena notó que estaba fría, helada, casi, y de nuevo se alegró, pensando lo refrigerante que sería para Jesús el sorbo. Con su taza rebosante corrió al lugar del suplicio, y a fuerza de ruegos logró que le permitiesen los sayones amontonar unas piedras y encaramarse hasta acercar el agua a los labios cárdenos del crucificado. Y cuando esperaba verle paladear el agua

consoladora, he aquí que Jesús la rechaza, moviendo la cabeza y repitiendo en un soplo imperceptible: "Sed tengo".

Con la penetración del amor -porque en verdad os digo que no hay nada que ilumine el entendimiento de la mujer como amar mucho y de veras-, Magdalena adivinó que Cristo deseaba otra bebida más exquisita y rara que el agua natural, y era necesario traérsela a cualquier precio. Mientras se precipitaba hacia Jerusalén, iba recordando que el despensero y mayordomo del tetrarca Herodes la había obsequiado antaño con un falerno añejísimo, ardiente como fuego y dulce como miel, del cual una sola gota es capaz de reanimar un yerto cadáver. Suplicante y presurosa rogó la arrepentida a su antiguo galán, y como accediese a sus ruegos, volvió al Calvario radiante, escondiendo bajo su manto el ánfora de inestimable valor, y apoyó el pico en la boca de Jesús. Un movimiento más acentuado de repugnancia y un débil gemido donde casi expiraba inarticulado el lastimoso "Sed tengo", revelaron a la Magdalena que tampoco esta vez poseía el medio de calmar las torturas de la santa víctima.

En su desconsuelo y en su enojo contra sí misma por no haber acertado, reverdeció más y más en la Magdalena la memoria de su escandalosa juventud. Bien presente tenía que un patricio romano, epicúreo fastuoso, lector de Horacio y algo poeta, que por la hermosa hierosolimitana hizo mil locuras, solía hablar de los banquetes del Olimpo pagano y de la misteriosa virtud e incomparable esencia del néctar de los dioses, que infunde la felicidad e inyecta vida a oleadas en las venas exhaustas y en el cuerpo expirante. Y como si algún maléfico poder oculto -tal vez el de Satanás, empeñado hasta la última hora en tentar al Redentor para probar su divinidad- fuese cómplice del insensato anhelo de la pecadora, he aquí que se sintió arrollada y transportada con velocidad increíble en alas del viento, que la depositó suavemente sobre la cumbre de una montaña deliciosa, poblada de olivos, laureles, naranjos cuajados de azahar, que alternaban con boscajes de mirtos y rosales en flor, de

embriagador perfume. Bajando airosamente la escalinata de un elegante templete de mármol blanco, salió al encuentro de Magdalena hermoso mancebo sonriente, de rizos color de jacinto y brillantes pupilas, y le presentó una crátera de oro maravillosamente cincelada, donde chispeaba un licor transparente, rosado, de fragancia embriagadora, que trastornaba los sentidos. Llena de gozo, Magdalena estrechó contra su pecho la sagrada ambrosía y sólo pensó ya en ofrecérsela a Jesús, porque era imposible que aquel licor glorioso, escanciado por Ganímedes, no arrebatase el alma del mártir, haciéndole olvidar sus dolores. Sólo con llevar la copa de ambrosía en las manos sentíase Magdalena presa de dulce fiebre y deliquio, y la Naturaleza le parecía más bella, el sol más claro y el aire más ligero, elástico y luminoso. ¡Desengaño cruel! Así que pudo acercar una copa colmada de ambrosía a los labios de Jesús, cuyos tendones estallaban y cuyo rostro descomponía un padecer horrible, el

moribundo hizo un gesto de violenta repulsión, y licor y copa rodaron al suelo, derramándose sobre la seca tierra la bebida de los dioses paganos.

Entonces Magdalena, víctima de la tentación, sintió redoblar su amargura. Los resabios de los años de iniquidad resurgieron, porque el pecado deja sedimentos en el alma y sube a la superficie apenas lo remueve la pasión, y aunque la doctrina de Cristo había inflamado el espíritu de aquella mujer, faltaba todavía que la penitencia la purificase y destruyese la vieja levadura. Sucedió, pues, que Magdalena, ofuscada por el dolor de ver que no sabía estancar la sed de Cristo, se imaginó que el Cordero torturado, si rechazaba el falerno que halaga el paladar y la ambrosía que transporta la imaginación tal vez aceptaría el vino de la venganza y de la ira; tal vez se aplacasen sus sufrimientos al gustar la sangre del enemigo que le clavó en la afrentosa cruz. Y con este pensamiento, Magdalena se acercó a uno de los sayones, el mismo que había fijado sobre la cabeza de Cristo la escarnecedora placa del Inri, y, engañándole, le llevó lejos del Calvario, a un lugar desierto, y

aprovechando su descuido le hirió en el cuello con su propia espada, empapó la caliente sangre en una esponja y volvió segura de que Jesús bebería. Y esta vez, al contrario, fue cuando Cristo, con sobrehumano impulso, se irguió sobre los traspasados pies, y exclamó con fúnebre entonación: "Sed tengo."

María Magdalena cayó al pie de la cruz, desplomada, retorciéndose las manos y arrancándose a mechones las rubias y sueltas guedejas. Su impotencia para aliviar la sed de Cristo la enloquecía, y principió a acusarse interiormente de su impura existencia, sintiendo sobre la frente humillada el rubor y la pena de tanta disipación, del seco erial de su conciencia, donde no tuvo asilo la piedad. Muchas noches, mientras ella derrochaba oro en su opulenta mesa y se reclinaba sobre tapices tirios y pérsicas alfombras, los pobres, a su puerta, esperaban como perros las migajas del festín, y las mujeres de bien, velándose el rostro, apresuraban el paso para no oír las risotadas y las canciones impúdicas. Por eso, sin duda, no podía disfrutar ahora el consuelo de aplacar la sed de Cristo, sed que neciamente creyó satisfacer con el vino de la gula, la ambrosía del placer o la sangre de la venganza. Y al recapacitar, ablandábase poco a poco el corazón de la pecadora, y subiendo a sus

ojos el agua del arrepentimiento y de la humildad fluía de sus lagrimales, resbalando lentamente por sus mejillas. Era tanto lo que lloraba Magdalena, que parecía liquidarse su espíritu, y las lágrimas empapaban la ropa y los hermosos extendidos cabellos. Y como levantase los ojos hacia el rostro de Jesús, vio en él una súplica, un ansia tan viva y tan amorosa que, inspirada, juntó las manos y recogió en el hueco de ellas aquel sincero llanto de contrición, y alzándose hasta Jesús, lo llegó a su boca. Por primera vez, en lugar del acongojado "Sed tengo", Jesús respondió a la Magdalena abriendo los labios y bebiendo ávidamente, al par que transfiguraba su rostro una expresión de inefable dicha.

La tradición que acabo de referir no tiene ningún valor ante las enseñanzas de la Iglesia, ni la menor autenticidad, ni creo que deba considerarse más que como un sueño, invención o leyenda poética, encontrada en los papeles de un rabino que se convirtió al cristianismo. Magdalena no es aquí la santa; es únicamente figura o símbolo del pecador, que aún no conoce el camino verdadero, que aún lucha con los resabios del pecado.

Y como los fariseos pretendieron torcer el sentido de ese apólogo, declaro que sólo significa lo siguiente: el arrepentimiento, la humildad, la contrición, es lo más grato a Jesús, doctrina clarísima del Evangelio.

-El matrimonio -decía el padre Baltar, terciando sin asomos de intransigencia en una discusión asaz profana-, el matrimonio se parece a las tijeras.

-¿A las tijeras, padre?... -exclamó uno de los presentes manifestando extrañeza-. ¿Sabe usted que es una comparación original?

-Más que original, adecuada -declaró el padre, rehusando con una seña la segunda copa de kummel de Riga-. Las tijeras, como ustedes saben, son unos instrumentos que constan de dos partes iguales o muy parecidas unidas por un eje y un clavito del mismo metal. Aunque cada parte de las tijeras sea fina y bien templada, si falta el eje... las tijeras no sirven. Unidas por ese clavito, pueden hacer primores y cortar divinamente la tela de la vida.

-Entendido -dijo otro de los que escuchaban al padre (hombre experto, algo marrullero y escamón)-. Sólo falta que usted nos diga si cree que abundan las tijeras excelentes.

-Lo excelente no suele abundar nunca..., o al menos somos tan descontentadizos, que siempre nos parece poco -respondió sonriendo aquel hombre evangélico y al par (hermosa conjunción) bien educado-. Aunque el intríngulis del matrimonio consiste en el eje..., también la calidad de las mitades importa mucho... Entren ustedes en una tienda y pidan tijeras. Les sacarán dos docenas, todas, al parecer, iguales, todas del mismo coste. Sólo llevándose las dos docenas a su casa, y usándolas, podrían hacer verdadera elección: al uso se descubre la condición de la tijera. Las costureras están tan persuadidas de esto, que tijera que les "sale buena" no la darían por una onza. ¡Yo he encontrado tijeras de oro! ¿Qué tiene de particular? ¡El amor natural, acendrado por la ley divina!... Voy a referirles a ustedes un caso que presencié y que conmovió..., aunque no pasa de ser un drama vulgar, y sus héroes, gente llana y prosaica...

Hallándome en el convento de S*** para restablecerme de unas calenturas que cogí en Tánger, y que se agarraban como lapas, tuve ocasión de conocer, entre otras muchas familias, a un matrimonio, tenderos de paños, franelas y cotonías, establecidos en los soportales de la plaza Antigua, no lejos de la catedral. No se confesaban conmigo, sino con el cura de su parroquia, pero gustaban de consultarme, amistosamente. Ella se llamaba doña Consuelo y el esposo don Andrés. Acomodados y bien avenidos, podrían ser dichosos si no tuviesen un hijo de la misma piel de Barrabás, que les daba un disgusto cada mañana y un sonrojo cada tarde. Pendenciero, estragado y derrochador, ni las lágrimas de su madre, ni las reprimendas de su padre, ni las exhortaciones que, a ruego de ambos, le dirigí varias veces, consiguieron que renunciase a una sola de sus malas mañas; y en vista de que parecía incorregible el mozo, mi consejo fue que le enviasen a una tierra donde la necesidad y la falta de

arrimo le obligasen a mirar por sí.

Cuadró bien la idea al padre, y la misma madre vio que era el único recurso; y habiendo elegido el desterrado Manila, a Manila se le despachó con muy apremiantes cartas de recomendación para el rector de un convento de nuestra Orden.

A los seis meses empecé a recibir gratas noticias de la conducta de mi recomendado: alababan su laboriosidad, su listeza; iba enmendándose. Los viejos, al saberlo, no cabían en su pellejo de gozo. Era el rector el que me transmitía tan buenas nuevas, pues el muchacho no acostumbraba escribir.

Así pasó algún tiempo, hasta que un día la carta del rector, en vez de felicidades, trajo una nueva terrible: el hijo de don Andrés había sido muerto a cuchilladas, en riña, al salir de una gallera. Yo quedaba encargado de ponerlo en conocimiento de los padres.

Triste era la comisión, pero de tristezas andamos rodeados siempre, y juzgando que el padre tendría más fortaleza en el primer momento que la madre, llamé a mi celda a don Andrés y trasteándole lo mejor que supe, le hice beber el trago. No estuvo reacio en comprender: más bien parece que adivinaba. Apenas indiqué "heridas", tradujo "muerte". No lloró, pero la expresión de su cara era como la del reo cuando, al abrirse la puerta de la prisión, se encuentra al pie de la escalera del patíbulo (y me sirvo de esta comparación porque he auxiliado a algunos infelices en tan amargo trance).

Así que don Andrés pudo respirar, cruzó las manos: "Padre, tengo que pedirle a usted un gran favor. Entre los dos, vamos a que no sepa Consuelo lo sucedido. Mi mujer era hace pocos años rolliza y muy fuerte; el tósigo del hijo la ha matado: pronto cumplirá los sesenta y padece una enfermedad grave, una especie de consunción. Si sabe la desgracia, "se va detrás" en seguida. Si logramos ocultarle que han matado al niño... (le llamaban así, aunque pasaba de los veintisiete), puede que dure algo más. Yo corro con todos los gastos que allá se hayan ocasionado... entierro, Justicia... Perdono de corazón a los asesinos... pero que Consuelo no se entere."

¿Hice bien o mal en acceder? No lo sé; el alma me pedía complacer a aquel desventurado. Cada quince o veinte días fui a la tienda, con cartas forjadas, que suponía haber recibido de Manila, en que se hablaba del ausente y se alababan sus progresos en el trabajo, la formalidad y la virtud.

Doña Consuelo, en quien el mal avanzaba a ojos vistas, y que ya tenía una tos incesante y una fatiga cruel se reanimaba con la lectura; la celebraba con extremos pueriles y exigía que don Andrés compartiese su regocijo.

-¿Ves, Andrés, cuántos favores nos hace San Antonio? -exclamaba con los ojos vidriados por un llanto que yo atribuía al exceso del contento-. ¿Ves qué fortuna? Ya es bueno el niño; ya se porta honradamente. Así que pase allí algunos años... volverá aquí y le pondremos al frente de nuestro negocio. Padre Baltar, voy a darle un poco de dinero para que allá se lo entreguen; bien sabemos lo que es la juventud... y yo no quiero que le falte nada al hijo mío.

Y su marido, ahogándose, poniéndosele la cara de color violeta, contestaba:

-Bueno, mujer; tráele al padre aquellos treinta duros... pero para eso no es menester afectarse. ¡Qué tonta!

Era una cosa de compadecer: los duros que me entregaba la madre para que los disfrutase el hijo, me ordenaba el padre secretamente invertirlos en sufragios por su alma...

Yo no me apartaba de mi papel un punto, pues veía a doña Consuelo empeorar; cada día hubiese sido más peligrosa la puñalada de la noticia. Don Andrés, o temeroso de una indiscreción mía o por deseo de no apartarse de la enferma, siempre estaba presente cuando yo iba a acompañarlos un rato. Los encontraba juntos como pájaros posados sobre la misma rama y que se aprietan para no sentir tanto el frío; ella tosiendo y afirmando que "no era nada"; él, amoratado, semiasfixiado, asmático, pero sacando fuerzas de flaqueza para bromear con su mujer y hasta para echarle flores, lo cual en otras circunstancias me parecería cómico y risible, y en aquéllas me enternecía.

Y adelante con la farsa de las cartas, que producían tal efecto en la pobre madre, que hasta creí notar que me hacía señas cuando su marido no nos miraba; señas de aprobación, de súplica, de agradecimiento. Yo las interpretaba así: "Aunque el muchacho haga alguna tontería, siga usted diciendo a Andrés que se conduce como un ángel." Esto no pasaba de suposición mía, pues repito que jamás encontré sola a doña Consuelo.

Una tarde me llamaron a deshora. Don Andrés venía a decirme que su mujer se moría o poco menos, que tenía el capricho de confesarse conmigo precisamente y que era indispensable inventar una carta con nuevas de que llegaba "el niño"... "A ver si así la sacamos adelante por unos días", añadió, tan tembloroso que no supe rehusarle el último favor. Apenas entré en el cuarto de doña Consuelo, ésta miró a su marido, y don Andrés salió, no sin hacerme un expresivo gesto, advirtiendo e implorando.

Me acerqué al lecho de la enferma, que movía los labios apresuradamente como si rezase; me senté a su cabecera y le dirigí esas frases afectuosas que son cucharaditas de bálsamo y que ya por costumbre decimos a los moribundos; pero fue grande mi sorpresa al ver que, volviendo hacia mí un rostro en que brillaba el agradecimiento, y cogiéndome la mano para besarla, me dijo:

-Padre Baltar, ¡qué Dios le pague tanto, tanto tiempo como hace que está engañando a mi marido! ¡Prométame que no le desengañará después de que me muera!

-¿Qué es eso? ¿Engañar?... -pregunté, creyendo que desvariaba con la debilidad y la calentura.

-Si no fuera por usted -prosiguió sin atenderme-, Andrés estaría también agonizando, porque sabría lo "del niño"... ¡Que no lo sepa nunca!

-¿Lo del chico? -exclamé, recordando mi compromiso con don Andrés-. ¡Si el chico está perfectamente, y va a llegar, y abrazará a usted pronto!

-Sí que le abrazaré... en el otro mundo... Conmigo no se moleste, que lo supe al momento, y hasta me lo daba el corazón. ¿Usted cree que no tenía allá persona encargada de escribirme cuanto le pasase a mi hijo? Las cartas venían a nombre de una amiga, y así Andrés no podía enterarse si le sucedía algo malo... Y como yo le había escrito al padre rector pidiéndole que sólo le dijesen a mi marido las cosas buenas y alegres... cuando usted venía con las cartas fingidas de que el niño vivía y trabajaba... le ayudaba a usted a engañar al pobre Andrés... que no está nada bueno... y que no le convienen las desazones... Me ha costado trabajo disimular, padre... porque en tantos años de matrimonio no le he callado otra cosa...

Aquí cortó su narración el padre, y mirando alrededor, vio nuestras caras animadas por la simpatía más vehemente.

-¡De manera que los dos lo sabían, y mutuamente se lo ocultaban! ¡Qué drama interior! -exclamó el que primero había hablado.

-De esas tijeras, padre -dijo el escéptico-, bien puede usted afirmar que eran de oro puro, con incrustaciones de brillantes.

-Puedo afirmar que las he visto abiertas en figura de cruz -contestó el padre intencionadamente.

Después de Salomón, el rey más poderoso y opulento de la tierra fue, sin duda, Artasar, descendiente directo de uno de aquellos tres Magos que vinieron a postrarse en el establo y gruta de Belén, guiados por la luz de una estrella misteriosa, nueva, diferente de las demás, estrella que abría en el azul del firmamento surco diamantino.

Artasar conservaba entre otras muy gloriosas de su estirpe la tradición de la jornada de su antecesor a adorar al Mesías, Redentor del mundo; pero ya el bendecido recuerdo iba perdiéndose, y en el cielo turquí cada día se borraba más el rastro de la estrellita, así como su claridad celeste palidecía en el corazón del descendiente de los Magos (que fueron doctos por su arte de adivinar, y santos porque les infundió gracia el haber apoyado los labios sobre los tiernos piececillos del recién nacido Jesús). ¿Qué mucho que Artasar olvidase las enseñanzas transmitidas por los Magos, si Salomón, hijo de David, autor de libros sagrados, favorecido por el Señor con el don de la sabiduría, prevaricó de tan lastimosa manera, llegando a incensar a los ídolos? Mientras el hombre vive en la tierra, sujeto está a la tentación.

Artasar se parecía al hijo de David en la magnificencia, en el ansia de rodearse de lo más precioso, delicado y raro venido de los confines del orbe. Cada día, galeras cargadas de riquezas abordaban a los puertos del reino de Artasar trayendo al monarca presas y joyas. Alfombras blandas como el vellón de la oveja; tapices de seda, cuyos bordados representaban batallas y lances de amor; imágenes de mármol, de egregia desnudez; pebeteros de oro que embalsamaban el ambiente; jarrones y vasos de plata y ágata; pieles de tigre y plumas de avestruz se amontonaban en la regia mansión estrecha ya para contener tantos tesoros.

Mas ¿quién podrá llenar el abismo de un corazón? Artasar el magnífico vivía inquieto y triste. Ansiaba construir otro palacio, por ser ya el suyo mezquino y estrecho para la innumerable muchedumbre de guardias, cortesanos, esclavos, concubinas, tañedores, juglares, bufones, palafreneros y cocineros que en él se albergaban. Y empezó a soñar con un palacio nunca visto, que eclipsase al que Salomón edificó en trece años, sobre columnas de bronce y con el inmenso mar de bronce, cuyo borde imitaba pétalos de azucena.

El palacio debía ser tal, que inmortalizase el nombre y el recuerdo de Artasar por todos los venideros siglos, y que la fantasía no pudiese concebir nada tan espléndido ni tan deleitoso. A este fin, Artasar -acordándose de aquel Hiram que trazó el de Salomón -convocó a los más famosos arquitectos de su reino y de los vecinos, y, ofreciéndoles grandes recompensas, ordenó que dibujasen los planos de una residencia cual él la quería: amplia, suntuosa, cincelada como una diadema real. Los arquitectos fueron presentando sus planos, pero en los ojos de Artasar no encontraron gracia. Ninguno de ellos realizaba la quimera de su imaginación; ninguno correspondía al ideal que se había formado de un palacio nunca visto, sin igual en el mundo.

Cuando ya Artasar desesperaba de conseguir que le adivinasen el loco deseo y acomodasen a él la realidad, he aquí que le pide audiencia un hombre anciano demacrado, de luenga barba, de humilde aspecto, que traía bajo el brazo un bulto, afirmando que aquél era el proyecto de palacio que el rey aprobaría. No abonaban mucho las trazas al desconocido arquitecto, pero el desahuciado cualquier remedio ensaya, y Artasar permitió al anciano que entrase. Apenas el monarca hubo fijado los ojos en el plano en relieve y en los dibujos, batió palmas.

Aquello era su sueño, interpretado por un mágico que leía en su mente. Aquellas soberbias columnatas, aquellos balcones de majestuosos balaustres, aquellas galerías revestidas de mármoles y piedras preciosas, aquellos techos de cedro y oloroso pino, aquellas estancias cuyo bruñido pavimento tenía reflejos de agua, aquellos bosques, aquellas fuentes monumentales, aquellos miradores calados por mano de las hadas, aquellos pensiles colgados en el aire, aquellas torres que desafiaban las nubes... aquello era ideal, lo que ningún rey del mundo poseía; y Artasar, al verlo, tendió la regia mano cubierta de anillos, larga y fina y morena como el fruto de la palmera, y exclamó:

-Constrúyase el palacio como tú lo has proyectado, ¡oh varón sapientísimo! Yo te daré cuanto pidas, cuanto necesites. Para ti se abrirá mi tesoro secreto, y en los subterráneos de mi morada encontrarás oro, perlas, bezoares, diamantes y rubíes en cantidad suficiente para edificar no un palacio, una ciudad entera, con su casería, sus templos y su recinto fortificado. Y dime: ¿dónde te ocultabas y por qué es tan miserable tu aspecto, siendo tú un sabio tan grande?

-No soy sabio -respondió el viejo-. He vivido en el retiro, orando y haciendo penitencia.

-Desde hoy te conocerá el universo por el monumento que vas a erigir -declaró Artasar, que, en efecto, mandó poner a disposición del viejo sus riquezas y una inmensa extensión de territorio fértil, donde había selvas profundas y caudalosos ríos, llanuras risueñas y lagos apacibles.

Al cabo de un año, plazo fijado por el arquitecto para terminar el palacio, Artasar quiso ver las obras, y se trasladó al lugar donde creía que ya se elevaba su nueva vivienda.

Grande fue su sorpresa, fuerte su cólera, al no advertir por ninguna parte señales de jardines ni de palacio. Notó, eso sí, que aquel territorio, antes desierto, estaba pobladísimo, pues salían a aclamarle tribus enteras, niños y mujeres que aguardaban el paso del rey y le bendecían; pero ni aun logró divisar piedras y materiales esparcidos por el suelo, que anunciasen trabajos de edificación. Entonces Artasar, indignado, mandó que trajesen al arquitecto a su presencia, con propósito de hacerle desollar y colgar su piel, sangrienta aún, a las puertas de la ciudad, para escarmiento de prevaricadores. El viejo se presentó, tan humilde, tan demacrado, tan modesto como el primer día; y cuando el rey le increpó, dio esta respuesta extraña:

-El palacio que deseabas está construido, ¡oh rey!, y si quieres venir conmigo, tú solo, voy a mostrártelo en seguida.

Siguió Artasar lleno de curiosidad al anciano, y juntos se internaron en lo más selvoso y retirado de la floresta. Pronto salieron de la espesura a las orillas de un inmenso lago natural, y allí el viejo se detuvo. El sol se ponía; el firmamento aparecía rojo, abrasado, esplendente. Y el arquitecto, tomando de la mano a Artasar, le dijo con grave voz:

-Los tesoros que me has confiado, ¡oh rey!, los he repartido entre los miserables, entre los que sufrían hambre y sed, entre los que oían llorar al niño recién nacido porque el seno de la angustiada madre no daba leche. Mas no por eso he dejado de alzarte el palacio que deseabas, y tan soberbio te lo alcé, tan admirable, que ningún monarca de la tierra podrá jactarse de poseer uno así. Mira... ¿no lo ves? Allí lo tienes. ¡En el cielo se levanta ahora tu palacio!

Y Artasar miró, y vio efectivamente de entre las nubes de grana surgir un maravilloso edificio. Sobre columnas de plata, bronce y alabastro se erguían las bóvedas de dorado cedro, esculpidas con artificio tan hábil, que parecían un piélago de olas de oro. Cúpulas de esmalte azul coronaban el alcázar, y largas galerías de diáfano cristal, con cornisas de pedrería y mosaico, se prolongaban hasta lo infinito, entre el misterio de una vegetación fantástica, de hojas de esmeralda y de flores de vivo rubí y de oriental zafiro, cuyos cálices exhalaban una fragancia que embriagaba y calmaba los sentidos a la vez.

Y Artasar, transportado, se arrodilló a los pies del arquitecto y los besó, con el alma inundada de gozo.

Cuando regresaban de la selva, Artasar notó con sorpresa que el rastro casi extinguido de la estrella de los Magos fulguraba aquella noche como un collar de brillantes.

Entre varias personas de entendimiento que no tenían ni el mal gusto y la mala ventura de ser impíos, ni la fanfarronería de ser intolerantes, suscitóse la atractiva e inagotable cuestión de lo sobrenatural, viniendo a discutirse el milagro, por qué era tan frecuente antaño y hoy escasea de tal modo. Hubo quien se limitó a decir "escasez"; pero no faltó quien resueltamente pronunciase la palabra "desaparición".

Los que defendían la persistencia del milagro protestaron en nombre de las maravillas que se realizan en Lourdes los días de procesión solemne: los paralíticos curados instantáneamente al sumergirse en aquellas aguas, estremecidas, como las de la piscina probática, por el aleteo del ángel que desciende a infundirles virtud; en nombre de las llagas de Luisa Lateau -adornada por la virtud del Cielo con cinco sangrientas señales-. A esto respondieron los escépticos que las llagas de Luisa Lateau eran un fenómeno patológico ya explicado por la ciencia, y que las curaciones de Lourdes se originaban de una impresión puramente subjetiva, un sacudimiento moral que repercute en el organismo, caso comparable a los felices resultados que obtienen algunos médicos empleando el hipnotismo para combatir males que no hallan remedio en la botica. Entonces, uno de los presentes, Tristán de Cárdenas, que había guardado silencio durante la discusión, tomó la palabra, y todo el mundo calló para

oírle, pues su voz era armoniosa y vibrante, y su palabra, nunca vulgar, chispeaba a veces elocuencia fogosa.

-Si ustedes creen en Dios -dijo con su habitual energía-, no comprendo cómo le regatean la omnipotencia. No niego que hay ocasiones en que esta omnipotencia se manifiesta de un modo más evidente en el orden sensible, en lo físico; pero en el orden metafísico no concibo manifestación más clara de la que diariamente, con la razón, no cesamos de percibir. ¿Suponen ustedes que no hay "milagros"? Lo que no hay es "naturaleza". Si aquí cupiese una disertación filosófica, me comprometo a probar esta que parece paradoja, siendo una verdad de Perogrullo. El milagro es inmanente. El universo es un milagro espantoso de puro grande y de puro incomprensible. No lo vemos porque formamos parte de él. Jesús dijo a una santa que suspiraba por hallarle: "Difícil es que me encuentres si no me buscas en ti misma, en tu propio corazón."

-Bien -arguyeron interrumpiéndole-: todo eso será muy cierto, pero nos quedamos lo mismo que estábamos en cuanto a explicar por qué antes abundaban los milagros en el orden sensible y ahora no se ve uno para un remedio.

-Verán ustedes cómo lo explico -dijo Tristán-. Estoy conforme: en otro tiempo, Dios se manifestaba en todo su esplendor a las multitudes. Cuando separaba las aguas del mar Rojo al paso del pueblo hebreo y las juntaba contra Faraón; cuando echaba un clavo a la rueda del carro solar y sacaba aguas vivas de la peña; cuando convertía en rosas los panes y en corderos a los leones del circo; entonces, ¡quién lo duda!, las naciones y las razas se convertían en tropel y el milagro dirigía la marcha de la Historia. Ha sucedido con esto de la manifestación divina lo que con la poesía, que al principio fue épica y colectiva, y ahora ya no puede ser más que lírica e individual. Créanme ustedes: ahora hay milagros lo mismo que en la Edad Antigua, sólo que son milagros líricos, para una sola persona, y el que los siente no los cuenta, porque, dada la incredulidad general, teme que se mofen y le tengan por mentecato. Para proclamar un milagro se necesita hoy ser más valiente que el Cid.

¿Bajan ustedes los ojos? Seguro estoy de que cada cual de ustedes tiene su milagro oculto; cada cual ha percibido el calor de la zarza que ardía en el monte Horeb... ¿A que ninguno me desmiente? Lo que pasa es que nos lo guardamos... Secretum meum mihi... Créanlo ustedes: si no fuese por el miedo, saldrían aquí cosas notables. Y si no fuese por la inconsecuencia propia del hombre, y por alguno de los tres enemigos del alma, en particular... nos meteríamos en la Trapa.

No sabiendo qué oponer a argumentos tan especiosos, apretamos a Tristán de Cárdenas para que nos contase su milagro, mas no pudimos conseguirlo, se negó resueltamente, declarando que era el mayor de los cobardes y temía nuestras burlas. Sin embargo, cuando se disolvió la tertulia y quedamos solos en el gabinete, a mi primera insinuación, Tristán entornó los ojos como el que quiere recordar, y habló así:

-Al empezar mi historia, temo que lo que a mí me pareció prodigio no le parezca a usted sino un suceso casual o insignificante... Es lo que antes decíamos: los milagros, hoy día, son internos o individuales. Yo experimenté ciertas impresiones que se me figuraron causadas por la intervención directa, en mi vida, de un poder superior a todos los poderes de la tierra; si usted no comparte mi fe, respétela al menos, ya que abro mi corazón tan lealmente.

Bien sabe usted que yo tuve un niño; pero no sabrá tal vez que soy... es decir, ¡que era!, un padre amantísimo, un padrazo de ésos que viven pendientes de la salud de la criatura, que se baban al oír sus gracias y se pasan el día con ella en brazos, prestándose a sus caprichos y dejándose arrancar el bigote. Además de este cariño instintivo y natural, yo creía firmemente que mi inocente hijo era símbolo de mi ángel custodio, y que su presencia santificaba mi casa y mi espíritu. Mis pasiones y mis flaquezas las ofrecía al pie de la cuna como al pie de un altar. Se me antojaba que si yo era bueno, Dios me conservaría mi hijo. ¿Ha leído usted los poemas indios? En ellos, a cada paso, salen a relucir unos ascetas que, por la virtud de sus mortificaciones, llegan a adquirir tan sobrehumano vigor, que se imponen a los dioses mismos. La idea me agrada, y es, en el fondo, la que expresa el Evangelio al decir que el "reino de los Cielos sufre violencia". La bondad es una poderosa

energía; yo me revestí de bondad, a fin de evitar una prueba que creía no tener ánimo para resistir.

La prueba vino. La criatura cayó enferma, de una de esas fiebrecillas que al pronto no alarman, pero que, día tras día, consumen. Figúrese usted mis vigilias, mis terrores, mi calvario. Es decir, creo que no habiendo pasado por tales amarguras, ni concebirse pueden. Desesperando de los remedios humanos, miré hacia arriba y no atreviéndome a presentarme a Dios sin intercesor, abrumé a ruegos y colmé de ofertas a San Antonio de Padua, al amigo de las mujeres y de los niños, al "santo" por antonomasia, de quien yo había sido devoto siempre.

El santo no me oyó... ¡Ah! ¿Usted creía que el milagro había consistido en sanar al enfermito? ¡Bah! Milagros de ésos los hace el santo diariamente... ¿No ve usted a cada paso que un chico se echa fuera de una ventana y no se cae; que otro empuja un quinqué de petróleo, lo vuelca y no se abrasa; que éste rueda cien escaleras y no se hace ni un chichón; que aquél se mete entre las ruedas de un coche y no saca ni un rasguño? ¿No oye usted decir a las madres que sus hijos "viven de milagro"?

El mío murió. Me puse como un insensato; sí, creo que estuve fuera de juicio bastante tiempo. Me entró no "misantropía", sino otra cosa más rara: "misoteísmo", mala voluntad contra Dios y sus santos. No dejé de creer, pero sí de amar. Casi diría que aborrecí. Mis delirios, mis rabiosos pecados de aquella época, fueron otras tantas blasfemias en acción. Cesé de practicar; olvidé las oraciones; no pisé en un año los templos.

El día del aniversario de mi pequeño, a la misma hora en que había volado su blanca almita, como yo vagase sin rumbo por las calles de Madrid, me detuve a la puerta de una iglesia donde no recordaba haber estado jamás. Encontrábame tan triste, tan solo, tan anegado en las aguas del dolor, que, sin reflexionar lo que hacía, entré. Era el punto de la caída de la tarde, y lo primero que divisé en un altar lateral fue la efigie de San Antonio de Padua. Sentí como un golpe, y me acerqué vivamente colérico a pedirle cuentas al santo, a preguntarle por qué me había quitado a mi hijo, mi gloria. De pronto me quedé mudo de sorpresa. Usted habrá reparado, sin duda, en que a San Antonio de Padua siempre lo representan los escultores con el Niño en brazos. Pues bien, por primera vez en mi vida, veía un San Antonio sin niño... y mientras los ojos de la efigie parecían fijarse en los míos severamente, noté que su mano, alzando el dedo índice señalaba al cielo.

-Pero eso ¿lo imaginó usted, o lo vio en realidad? -pregunté cuando a Tristán se le calmó algo la emoción.

-¡Imaginarlo! La efigie existe, y puede usted cerciorarse cuando quiera.

-Pues, en efecto, no conocía efigies de San Antonio sin el Niño -murmuré como si hablase conmigo mismo.

-Mi "conversión" -dijo Jenaro al dejarse caer en el banco de piedra dorado por el liquen y sombreado por el corpulento nogal, cuyas hojas volaban desprendidas a impulsos del viento de otoño- mi conversión se originó de... una especie de visión que tuve en un baile. Apostemos a que usted con su amable escepticismo, va a salir diciendo que, en efecto, tengo trazas de hombre que ve visiones...

-Acierta usted -respondí sonriendo y fijándome involuntariamente en el rostro del solitario, cuyos ojos cercados de oscuro livor y cuyas demacradas mejillas delataban, no la paz de un espíritu que ha sabido encontrar su centro, sino la preocupación de una mente visitada por ideas perturbadoras y fatales-. Respetando todo lo que respetarse debe, propendo a creer que ciertas cosas son obra de nuestra imaginación, proyecciones de nuestro espíritu, fenómenos sin correlación con nada externo, y que un régimen fortificante, una higiene sabia y severa, de ésas que desarrollan el sistema muscular y aplacan el nervioso, le quitarían a usted hasta la sombra de sus concepciones visionarias.

-¿Niega usted los presentimientos, las revelaciones a distancia? ¿No ha leído usted casos de espíritus que acuden al llamamiento de los vivos?

-¡He leído tanta historia! -contesté procurando emplear tono conciliador-. No negaré en crudo todo eso, ni lo trataré de superchería y farsa; negar es tan comprometido como afirmar, y lo mejor es suspender el juicio. Sin embargo, la fe católica me prohíbe ser supersticiosa; la razón me manda desconfiar de apariencias; y ya que un Santo Tomás quiso ver para creer... bien podemos tener la misma exigencia los que no somos santos. Cuando vea algo maravilloso...

-No lo verá usted nunca -murmuró con tenacidad de iluso el pobrecillo de Jenaro-. El que está prevenido de antemano contra las revelaciones del "más allá", que renuncie a ellas. Ese sentido positivo no es sólo una coraza y un blindaje, es un velo tupido que ciega los ojos del sentimiento y del alma. No, usted jamás verá cosa alguna.

"Gracias a Dios", pensé para mi sayo; pero el convencimiento de que no lograría persuadir a aquel enfermo de la mente, me obligó a reservar mis impresiones. Y dije a Jenaro en alta voz, condescendiendo:

-Al menos, hágame usted "ver" ahora, con su narración... Cuénteme usted ese cuento bonito de cómo llegó a convertirse, a desengañarse y a meterse en estos andurriales, dedicado por completo a huir del mundo y a socorrer a los infelices. Crea usted que, mediante eso que llaman "autosugestión", seré capaz de "ver" momentáneamente lo mismo que usted haya visto, y de saborear la poesía terrorífica de su relato.

-Pues oiga usted -respondió satisfecho de desahogar, de hablar de una impresión terrible, con la cual sin duda luchaba algunas veces a solas, como Jacob con el ángel-. El hecho ocurrió precisamente cuando estaba yo más ajeno a pensar en nada serio y vivía envuelto en distracciones y amoríos. Había terminado mis estudios; había viajado un par de años a fin de completar mi instrucción, familiarizándome con algunas lenguas vivas; acababa de hacerme cargo de mi hacienda, perfectamente administrada durante mi menor edad, caso raro, por mi tío y tutor; y sin cuidados ni penas, halagado del mundo que me abría los brazos, sólo pensé en lo que se llama "pasarlo bien", seducido por ese Madrid donde reina el espíritu de disipación y donde se diría que la vida no tiene más objeto que deslizarse arrastrada por la corriente del goce. La mía volaba así, sin otro anhelo que estrujar el momento presente para que suelte todo su jugo de emociones gratas.

No necesito detallarlas ni trazar el cuadro de mi existencia, igual a la de tantos desocupados ricos e inútiles. Sólo diré, porque interesa a mi cuento, que todo aquél que busca el goce por sistema, muchas veces halla el aburrimiento más insufrible. Uno de los sitios que ostentan el rótulo de diversión y, por lo general, engendran el hastío, son los bailes de máscaras. El atractivo del antifaz y del disfraz, el triunfante señuelo del misterio nos hace fantasear mil sorpresas deliciosas; pero ya la sátira y la comedia se han apoderado de este tema del baile de máscaras para ridiculizar semejantes ilusiones y demostrar que, de cien veces, noventa y nueve y media nos espera un chasco ridículo. No obstante, esa probabilidad aislada y remota basta para excitar la imaginación y llevarnos allí, de donde salimos renegando.

La noche del lunes de Carnaval caí, pues, en uno de esos bailes que suelen dar las sociedades artísticas, y en cuya atmósfera parece que circula un poco de aire bohemio, jovial y animador.

Yo había comido con amigos de mi edad, mozos alegres, y para prepararnos a la trasnochada y al probable fastidio apuramos algunas botellas de vino espumante y tomamos café fuerte; así es que me encontraba en un estado de excitación humorística, dispuesto a cualquier diablura y con ánimos para conquistar el mundo. Entré en el salón central precisamente cuando se iban a rifar las panderetas, y la gente, dejando desiertos los otros salones, se arremolinaba en torno de la rifa. Como no tenía el menor empeño en que me tocase cualquier botecillo, no intenté romper el muro de la carne humana, y me dirigí a otro saloncito retirado, muy adornado de espejos y flores, y casi desierto en aquel instante. Iba distraído, examinando maquinalmente la decoración, cuando una serpentina amarilla se enroscó a mi cuerpo y escuché agria carcajada. Me volví y vi que las roscas del ligero papel las disparaba la mano de una Locura vestida de negro, con pasamanos color de oro. "Ya pareció el argumento

de esta noche", pensé, acercándome a la que así me provocaba, y notando con agradable extrañeza que aquella máscara no podría ser una cocinera disfrazada, sino, sin duda alguna, una persona de mi clase, de mi esfera, de mi misma categoría social. Saltaba a la vista en el menor detalle de su esbeltísima figura y en el conjunto de su disfraz, no alquilado ni prestado, sino hecho a medida y cortado a la perfección.

Mis gustos artísticos me graduaban de inteligente en indumentaria femenina, y yo veía que aquella falda de negro raso riquísimo, orlada de frescas gasas amarillas, delataba la tijera de modista experta y hábil; y aquellas medias negras bordadas, que cubrían un tobillo de tan aristocrática delgadez y un empeine tan curvo, eran de la seda más elástica y fina; y aquellos larguísimos guantes, también de seda y bordados igualmente de oro, acababan de estrenarse; y el sonoro cascabel, que de la orilla del picudo gorro colgaba sobre la frente, era de oro cincelado, enriquecido con verdaderos diamantes. Al mismo tiempo, yo, que conocía a todas las mujeres algo visibles de todos los círculos de Madrid, no acertaba con ninguna que tuviese aquella figura acentuada, aquella estatura alta, aquella exagerada gracilidad de formas, aquellas líneas inverosímiles, tan prolongadas y enjutas. Al acercarme a la máscara y estrecharla con bromas y requiebros, en vano intenté columbrar, bajo el

negrísimo antifaz, algo del rostro; con tal exactitud se adaptaban a él la engomada seda y las densas blondas del barbuquejo.

"Será -pensé- alguna aventurera extranjera que ha venido a correr un bromazo aquí". Pero mudé de opinión cuando la Locura respondió a mis galanteos en excelente castellano, con voz irónica y mofadora, con acento sordo, sin eco, de inflexiones burlonas, casi insultantes.

Poco después bailábamos. No acostumbraba yo entregarme a tal ejercicio; mas me sentía tan empeñado por la elegante máscara, que le propuse valsar sólo por acercarme a ella, por sentir el contacto de su cuerpo, que sospeché flexible como el de una serpiente. Y al estrecharlo, me pareció duro, rígido, de una materia resistente y seca, a pesar de lo cual me producía embriaguez rara, ni más ni menos que si aquella mujer, encontrada en un baile por casualidad, completamente desconocida para mí, fuese algo mío, algo que me pertenecía y de que no podía separarme.

Mientras valsábamos, ella callaba, y cuando la convidé a beber una copa de champaña helado, colgóse de mi brazo, y bajo el antifaz me figuré que sonreía.

Loco de entusiasmo, realmente impresionado por mi conquista, pedí un reservadísimo gabinete, y encargué que nos trajesen lo mejor, lo más selecto. Aquella aventura vulgar en el fondo, pero realzada por la distinción y el porte de una mujer a todas luces aristocrática, desdeñosa, mordaz, ingeniosa en sus respuestas, me parecía verdadero hallazgo de noche de Carnaval, de esos regalos que hace a la juventud la Fortuna. Tal era entonces mi ceguedad moral, que la ocasión de cometer un pecado se me antojaba un mimo de la suerte.

Mis ojos no se apartaban de la máscara, y a la luz de las bujías que iluminaban la mesa la encontraba más original, más atractiva, más fascinadora que antes. Sus pies estrechos calzados de raso amarillo, se cruzaban con gracioso abandono; sus brazos apoyados en el respaldo de la silla, libres ya de guantes, eran de una palidez marmórea y de una delicadeza escultural. Su garganta desnuda, su escote pulido, sin gota de sudor, tenían el tono suave del marfil. Su pelo, de un rubio fuerte, casi rojo, flameaba en torno del antifaz. Anhelando ver la cara que permanecía tan oculta, me arrodillé para implorar de la Locura que se descubriese, jurando que la quería, que la adoraba hacía mucho tiempo, y aunque ella no lo supiese, la seguía, la buscaba, iba en pos de su huella por todas partes, ebrio de amor, trastornado, loco... Y, ¡oh sorpresa!, sin dulcificar su irónica voz, me respondió:

-Ya lo sé, ya lo sé que me quieres y me buscas sin cesar... Ya sé que tras de mí corres a todas horas; ya sé que soy el fanal que te guía. Hace años que también espero el momento de reunirme contigo para siempre, hasta la eternidad... Bebamos ahora, que luego te enseñaré mi rostro.

Obedecí y escancié el vino, cuya frialdad salpicaba de aljófar por fuera la copa de transparente muselina, y besé la mano de la máscara, tan helado como el champaña. La glacial sensación me exaltó más: con movimiento súbito arranqué el antifaz, rompiendo sus cintas..., y retrocedí de horror, porque tenía delante...

-¿Una calavera? -pregunté interrumpiendo, pues creía conocer el desenlace clásico.

-¡No! -exclamó Jenaro con hondo escalofrío provocado por el recuerdo-. ¡No! ¡Otra cosa peor..., otra cosa!... ¡Una cara difunta, color de cera, con los ojos cerrados, la nariz sumida, la boca lívida, las sienes y las mejillas envueltas en esa sombra gris, terrosa que invade la faz del cadáver! Un cadáver. Y para colmo de espanto, el pelo rojizo, movible y encrespado, que rodeaba la cara y parecía la fulgurante melena de un arcángel, se inflamó de pronto como una aureola de llamas sulfúreas, de fuego del infierno, que iluminase siniestramente la muerta cara. ¡Un difunto, y "difunto condenado"! Eso era la elegante, la esbelta, la burlona Locura, vestida como los ataúdes, de negro con cabos de oro.

Jenaro calló un momento, y después añadió tembloroso:

-Apagadas las bujías por no sé qué invisible mano, sólo el nimbo de terribles llamas alumbraba el gabinete, y yo, que estaba medio desmayado sobre un sillón oí el acento mofador que me decía:

-No soy la muerte; soy "tu muerte", tu propia muerte, y por eso te confesé que me buscabas con afán... ¡Por ahora no podemos reunirnos... pero hasta luego, Jenaro!

-No me avergüenzo de reconocerlo -prosiguió Jenaro humildemente- al fin perdí el sentido... como una niña, como una dama... Al volver del desvanecimiento, me encontré solo en el gabinete. Las bujías ardían, y en las dos copas aljofaradas por fuera lucía el áureo vino... Huí del gabinete y del baile; caí enfermo, sane, me retiré del mundo... Y aquí tiene usted la historia de mi conversión. ¿Qué opina usted de ella?

-Opino -respondí con involuntaria sinceridad- que esa noche estaba usted ya malucho y un poco caliente de cascos...; que la Locura vestida de raso negro era una cocotte pálida y con el pelo teñido, pagada tal vez por algún compañero de francachela para embromar a usted... y que, por lo demás... convertirse es bueno siempre, y la caridad una excelente ocupación.

Jenaro me miró con lástima profunda se levantó y echó a andar hacia su casa.

Encontráronse a orillas de un río del Paraíso, muy azul y muy manso, y complacidos de encontrarse, a un mismo tiempo se pararon y se saludaron cortésmente, mirándose con singular gozo. Y a fe que los dos tenían que ver, y aun en qué regocijar la vista.

Miguel llevaba descubierta su cara imberbe, de facciones enérgicas y finas, de tez blanca y sonrosada como la de una linda doncella. La alzada visera del yelmo resplandecía sobre su frente como una diadema, y los rubios cabellos en bucles serpentinos y elásticos, flotaban acariciando el cuello de marfil, que no tapaba la escotada gola de acero nielado de oro. Su ceñida loriga de escamas de plata señalaba con hermosas líneas las formas vigorosas y exquisitas de un gallardo torso. Las puntas de su banda de crespón carmesí, recamada de perlas se anudaban al costado y caían hasta la pierna desnuda bajo el rico faldellín. Dos gruesos topacios abrochaban la tobillera de sus sandalias y su puño derecho luciendo la valiente musculatura, afianzaba una lanza de bruñido fresno, con flecos de seda en torno de la moharra aguda y terrible. Las fuertes alas del arcángel eran de la pluma más suave y blanca, pero hacia la extremidad se teñían de viva púrpura, como si se hubiesen humedecido en sangre de los enemigos de Dios.

Jorge no tenía alas. Era un hombre, un grave guerrero, hermoso a su manera, digno de la franca admiración con que le miraba Miguel. Alto y membrudo, llevaba con marcial desembarazo, y como si no advirtiera su peso, el arnés entero de batalla, de coraza bombeada, añadido de brazales, rodilleras, quijotes, grebas, gorguera y yelmo, todo labrado a la milanesa, historiado, cincelado y deslumbrador. Al andar, las piezas de la armadura se entrechocaban y exhalaban un sonido vibrante y metálico. Airoso penacho de plumas coronaba el casco, que tenía por cimera un endriago de esmalte verde. El rostro de Jorge respiraba ardor y lealtad: pálido, de garzos ojos, una puntiaguda barba castaña lo hacía más varonil.

-¡Oh, Jorge, príncipe batallador! -dijo por fin el arcángel sonriendo dulcemente-. ¡Cuánto me place haberte encontrado! Ven, acompáñame, si es que alguna orden de nuestro rey no te lo prohíbe.

-Libre estoy y tiempo me sobra -respondió Jorge-. A poco más mi armadura se cubrirá de orín, y mi brazo no sabrá botar la lanza, ni descargar el fendiente mis puños. Ya he colgado el escudo del árbol de las Hespérides, y los inocentes angelitos, los muertos en edad temprana, se divierten en herirlo para oír el sonido claro y agudo del acero.

-Aún te invocan, Jorge -declaró con respetuoso acento Miguel-. Aún tu imagen ecuestre, en actitud de hundir el lanzón en la garganta del escamoso drago, se ostenta sobre pechos ilustres. Aún tu nombre se pronuncia con fe, para que detengas en su camino a la tarántula inmunda y venenosa, y la paralices hasta que sea aplastada. Contra todo lo vil, lo asqueroso, lo repulsivo, Jorge, a ti te llaman.

Departiendo así habían llegado a una gruta que abría su boca en un remanso del celeste río. Polvo de plata tapizaba el suelo y a trechos abrían sus cálices los gladiolos y se erguían las espadañas, semejantes a hoja de espada desnuda.

Las prismáticas estalactitas centelleaban como diamantes, y un manantial límpido ofrecía sus aguas deliciosas a los dos héroes, que al beberlas después de las batallas habían recobrado mil veces fuerzas y valor. Jorge no quiso beber, ¿para qué?; pero Miguel absorbió en el hueco de su mano un trago copioso. Despúes se sentaron en un trozo de cristal de roca, diáfano y puro como el aire.

-Ya sé -dijo Jorge pensativo- que me han hecho patrono de los caballeros y que es uso entre la gente poderosa y desocupada llevar una medalla fina con mi efigie en la cadena del reloj. Hasta las mujeres la lucen en brazaletes y dijes, broches y agujas. Ya sé también que me recuerdan cuando se desliza por la pared la medrosa sombra de la negra y velluda araña, a la cual mi nombre tiene la virtud de dejar inmóvil, encogida de pavor. Pero bien sabes, caudillo invencible, que entre todos ésos que ostentan la medalla de San Jorge no hay ninguno digno de ser recibido en la estrecha Orden de la caballería andante. ¡Digno de ser recibido! ¡Merecedores de ser expulsados casi todos!... ¿Cuál de ellos ha guardado castidad, palabra y honor? ¿Cuál ha amparado al huérfano, respetado a la doncella, protegido a la viuda, deshecho entuertos, atemorizado a follones y malandrines? ¿Cuál ha acometido sin temer, sin flaquear; sufrido hambre, sed y fatiga, despreciando la materia por seguir

incesantemente la luz misteriosa del ideal? Príncipe Miguel, mi misión en la tierra ha concluido; mi espada puede romperse en dos pedazos, mi brillante armadura enmohecerse; ya nadie sigue mis pasos aplastando al eterno dragón de la maldad y de la vileza. En el garito infame he visto gente que ostentaba mi medalla caballeresca, y la he encontrado con horror, sirviendo de membrete de un papel perfumado con el odioso almizcle de las mujeres perdidas...

Miguel escuchaba a Jorge atentamente, serio y grave, el lindo rostro sonrosado como el de una doncella. No podía negar que las aseveraciones del gran príncipe eran fundadas. En efecto, las costumbres y los ritos de la caballería iban desapareciendo del mundo.

Volvióse por fin hacia Jorge, y con aquella tierna reverencia que demostraba él, espíritu puro e inmortal, al que sólo un mortal había sido en su vida terrena, dijo en voz más sonora y melodiosa que el ruido de la fuente de cristal cayendo en el pilón formado por las brillantes agujas de la roca:

-Tú puedes ya, príncipe, descansar en tu gloria. Para ti, lo más bello del mundo: los recuerdos, las torres góticas con bizarras almenas, las fortalezas que antes que rendidas abrasó el incendio, los vidrios de colores donde campea arrogante el heráldico blasón, las ejecutorias en que narran altos hechos el fino pincel del miniaturista, los viejos romances que entonaron los juglares y los troveros, las tumbas silenciosas donde duermen los que fueron invictos capitanes y caballeros sin miedo y sin tacha. Envaina la espada si quieres; yo no puedo. Los tiempos de la caballería pasaron; los del Espíritu Santo no pasan nunca.

Al hablar así, Miguel se volvió hacia la entrada de la gruta, en la cual acababa de aparecerse un soldado de sus milicias, un ángel de cuerpo tan transparente y fluido, que al través de él se veía el río, como se ve un trozo de cielo azul a través de una argentada nube.

-Ya me llaman -exclamó Miguel levantándose, requiriendo la lanza, que había dejado arrimada a la pared de la gruta, y embrazando el escudo de diamante que le presentaba el angélico escudero-. Bajo a la Tierra. Lucifer me pide batalla ahora, y dispara contra mí proyectiles hasta hoy no usados; sus armas son acuñadas monedas, y si no acudo, la pobre Humanidad sucumbiría, porque esta batalla es más recia que ninguna.

-¿Quieres que te siga, que pelee a tu lado? -preguntó con ansia Jorge, cuyas narices se dilataban y cuyos ojos chispeaban llenos de marcial fiereza.

-No, príncipe -respondió el arcángel, sonriendo-. ¡La táctica ha variado tanto desde que lidiabas tú! ¡Sé que sufrirías mucho si bajases a la tierra, patrón de los caballeros!

En el sombrío y sucio barrio de la Judería vivían dos hermanos hebreos, habilísimo platero el uno, y el otro sabio rabino y gran intérprete de las Escrituras y de las doctrinas de Judas-Ben-Simón, que son la médula del Talmud.

De noche, cuando cesaba la tarea del oficial y las lecturas y oraciones del teólogo, se reunían a conservar íntimamente, se confiaban su odio a los cristianos y su perpetuo afán de inferirles algún ultraje, de herirles en lo que más aman y veneran.

Nehemías, el platero, proponía atraer a la tienda al primer niño cristiano que pasase y sangrarle para tener con qué amasar los panes ázimos de la venidera Pascua. Pero Hillel, el rabino, decía que ésa era mezquina satisfacción y que a los cristianos no había que sustraerles un chicuelo, sino a su Dios, a su Dios vivo, al mismo Rabí Jesuá, presente en el Sacramento.

Quiso la fatalidad que un día, cuando ya se acercaba el Corpus, se descompusiese la magnífica custodia de plata, el mejor ornato de las procesiones, y como en el pueblo sólo Nehemías era capaz de componerla, al tenducho del hebreo vino a parar la obra maravillosa de algún discípulo de Arfe.

La vista del soberbio templete, con sus tres cuerpos sostenidos en elegantes columnas y enriquecidos por estatuas primorosas, con su profusión de ricas molduras y de cincelados adornos, enfureció más y más a Nehemías y a Hillel. Rechinaron los dientes pensando que mientras el señor de Abraham y de Isaac ve arrasado su templo, el humilde crucificado del cerro del Gólgota posee en todo el mundo palacios de mármol y arcas de plata, oro y pedrería. Una idea infernal cruzó por la mente de Hillel el rabino; la sugirió a su hermano, y fue dócilmente realizada.

Nehemías forjó para sí una llavecita igual a las tres que abrían el sagrario y que guardaban en su poder tres dignidades del Cabildo. Entregó a su tiempo la custodia bien compuesta, limpia, resplandeciente, y esperó ocasión propicia de utilizar su llave.

La ocasión ha llegado. Hillel, que aguarda con el corazón palpitante de esperanza y ansiedad, abre la puerta a su hermano, el cual se desliza furtivamente, escondiendo algo bajo los pliegues de su mugrienta hopalanda. Un rugido de gozo del rabino contesta a las sordas frases del platero, que murmura:

-Lo traigo aquí.

Y acercándose a la mesa, arroja sobre ella un paño que Hillel desenvuelve, y dentro del cual, ¡oh alegría salvaje!, aparecen siete transparentes y delicadas Hostias.

-Los ojos de Hillel despiden lumbre. Una risa espasmódica desgarra su laringe, y con furia de demonio escupe dos veces sobre las Formas sacras. Su rostro, alumbrado por la luz dura y amarilla del velón de tres mecheros, recuerda las esculturas de rabiosos sayones que en los pasos tiran de la cuerda o golpean a Cristo...

-¡Ése es su Dios, su Mesías! -exclamaba el talmudista con infinito desdén.

-¿Qué te parece, hermano? ¿Cómo le burlaremos mejor? ¿Se lo echaremos a la marrana? ¿Lo revolveremos con la basura del estercolero?

-Hillel -contesta Nehemías, que ha permanecido inmóvil-, no sé qué decirte; me siento temeroso y confuso. Si ese pan no es más que pan, al ultrajarlo procedemos como el niño que no sabe dirigir sus actos y se entrega a cóleras necias. Si ese pan es realmente el Mesías de los cristianos, ¡ah!, entonces vivimos en tinieblas los que no quisimos reconocerle por el Hijo de Dios.

Hillel mira a su hermano con asombro y desprecio profundo; pero el platero, torvo y trémulo, exclama:

-Has de saber que esas Hostias pesaban como si fueran de plomo. Hillel, haz tú lo que quieras con ellas. Yo te las he traído, pero lavo mis manos; no caiga sobre mí la iniquidad.

El rabino crispa el rostro para sonreír con ironía inmensa, ocultando la amargura que le causa la flaqueza de Nehemías, y de pronto, arrojando al suelo las Formas, las patea y danza sobre ellas con frenesí, para reducirlas a partículas impalpables, que se confundan e incorporen a la inmundicia del suelo...

Al cabo de diez minutos, cuando el judío, sudoroso y con la vista extraviada, se detiene y mira a ver si aún quedó algún fragmentillo de las Hostias, ve que todas siete están enteras, en fila, blancas como pétalos de azucena, tersas, inmaculadas...

Nehemías se convirtió y fue bautizado. Las Hostias milagrosas no se guardan ya como reliquias, porque en cierta grave enfermedad una reina de España quiso comulgar con ellas, y a esta comunión se atribuyó su restablecimiento.

Gran batahola aquel día, en el siempre pacífico y silencioso palacio episcopal de Arcayla. Entradas y salidas de presbíteros y canónigos, con la tejuela bajo el brazo y los manteos flotantes, y de señorones y caciques de la ciudad y de veinte leguas a la redonda, muy soplados, de levita cerrada, guantes prietos, acabaditos de estrenar, y bastones de puño dorado y reluciente contera; zambra en las amplias cocinas, bullir de pinches y marmitones, limpiando legumbres, batiendo claras y picando jamón; llegada de mandaderas de convento con recados de las monjitas y fuentes de natillas muy bordadas y festoneadas; bureo y trajín magno en el comedor, para disponer y adornar la luenga mesa de cuarenta cubiertos, disimulando que el servicio no era parejo, y que el señor obispo, no contando con dar banquetes de tanto rumbo, había tenido que pedir prestado un suplemento de mantelería, de cristalería, de servicio de plata y de vajilla de loza... El caso se consideraba mortificante para

el amor propio del mayordomo "de Palacio", y dos o tres veces sus labios apretados dejaron escapar frases agridulces (más agrias que dulces, si toda la verdad ha de decirse), contra "el exceso de la caridad", porque "en todo cabe exceso", y el no "hacerse cargo" de que las dignidades y altos puestos tienen sus exigencias, y docena y media de tenedores con mellas no es nada para la casa de un prelado, expuesto a que de repente le caiga encima el chaparrón de un convite tan solemne como aquél...

¡Friolera! ¡El ministro del ramo, el de Gracia y Justicia en persona, que al pasar por Arcayla quería entregar en propia mano al más joven de los obispos españoles y uno de los más venerables ya por sus merecimientos y ejemplar virtud, el pectoral de amatista, regalo de una altísima persona!

Mal como se pudo, remediáronse las deficiencias y discordancias del servicio, y hasta quedó la mesa que daba gozo, con sus ocho compoteras de variados dulces monjiles, sus tres canastillas llenas de magníficas flores naturales, sus cuatro platos de escogidas frutas, sus cinco ramilletes de helados, caramelo y almendras, sus dos piñas, obsequio de un indiano, sus servilletas dobladas y repulgadas figurando una serie de blancas mitras, sus seis candelabros de plata con bujías de color, y su profusión de copas para los diversos vinos que habían de servirse.

Acudieron a "ver la mesa" algunas señoras de lo principal de Arcayla, y se extasiaron, llenas de orgullo y cayéndoseles la baba, por el lucimiento de su obispo ante los peces gordos de Madrid; que, al cabo, sobre Arcayla refluía el honor dispensado al obispo, y ahora verían los envidiosos y los malos e incrédulos cómo se estima en elevadas esferas al que lo merece, y cómo no hacían ellos nada de más en desvivirse por su pastor.

Las tres acababan de sonar pausadamente en el gran reloj de la torre de la arcaylense catedral, y el obispo, de ocupar una de las presidencias de la mesa, frente al ministro, que aceptaba, sonriendo e inclinándose, la otra, cuando el portero de Palacio vio cruzar el zaguán y dirigirse resueltamente hacia la escalera a una señora desconocida, de aspecto en tal sitio asaz extraño.

Para ojos inexpertos, ignorantes de ciertos artificios del tocador, la dama... o lo que fuese, representaba cuarenta años a lo sumo; para los inteligentes, sabe Dios si podrán añadirse a la cuenta cuatro lustros bien corridos. Cinchado por un corsé magistral, el talle de la señora se gallardeaba señalando ciertas curvas osadas, mórbidas aún. El traje era de corte exagerado y provocativo; y el sombrero, redondo, enorme, recargado de plumaje y broches de brillantes falsos, sombreaba la cara lunar, barnizada de afeites, en que los labios de bermellón se destacaban como herida reciente, mientras el pelo, teñido de un rubio de cobre, fulguraba recordando la aureola de fuego de Satanás.

Indignado y escandalizado, el portero se acercó en actitud hostil a la intrusa, y al llegarse a ella recibió una bocanada de esencias y perfumes que por poco le tumba de espaldas, apestándole más que si fuese vaho de infernal azufre, emanación de las calderas malditas.

-¡Eh, señora, eh! ¡No se pasa! -gruñó el portero. Pero la dama, que sin duda esperaba recibimiento semejante, se lanzó impávida por la escalera de piedra, empujó la mampara de damasco y se coló de rondón en la antesala, donde un familiar platicaba con dos o tres rezagadas devotas, con media docena de señores formales y tal cual bulle-bulle desperdigado del séquito del ministro.

En pos de la intrusa, subía el portero, desalado, sin aliento ni para reiterar el "no se pasa". Familiar, damas y caballeros volviéronse sorprendidos, mientras la señora, arrogante, se plantaba desafiándolos, retando si era preciso al universo.

-Señora -advirtió el familiar acudiendo en auxilio del portero-, no puede usted ver a su ilustrísima; tenga la bondad de retirarse.

-¿Que no puedo verle? -repitió la perfumada, despidiendo a cada contoneo del talle la misma inequívoca peste almizclada y oriental-. ¿Que no puedo? ¡Eso ya lo vamos a ver ahora! ¡No poder ver yo al obispo de Arcayla! ¡Pues está bueno!

-Imposible, señora; lo siento mucho -exclamó el familiar, algo preocupado. Y bajando cautelosamente la voz, porque notaba la extrañeza y recelo indefinible del grupo reunido en la antesala-. Su ilustrísima, en este instante, está comiendo... Mañana, a otra hora..., veremos si es posible que conceda a usted una audiencia.

-¡Audiencia a mí! Atrás, so simple... Audiencia... ¿audiencia a su madre?...

La frase cayó como una bomba en el grupo de la antesala. ¡Madre! Si la intrusa llega a soltar otra cosa, una enormidad realmente atroz, no sería mayor el escándalo. ¡Madre! ¡"Aquello", la madre del obispo de Arcayla! Salía cierto lo que decían en voz baja los impíos de la Prensa y los rebeldes del cabildo; lo que llamaban calumnia infame los amigos y admiradores del prelado: que éste era un hijo espurio, recogido por su padre a fin de que no se degradase al contacto de la mujer galante y venal que le había llevado en sus entrañas. ¡Aquella historia de oprobio se confirmaba con la presencia de la pájara, de la empedernida y vieja pecadora. ¡Y qué oportunidad la suya, aparecerse en tal momento! El familiar se interpuso, aterrado, tan fuera de sentido que ni acertaba a formar cláusula.

-La señora madre de su ilustrísima..., ha..., ha..., ha fallecido hace muchos años -tartamudeó, cruzando las manos con angustia, implorando misericordia.

-¡Fallecer! ¡Pronto me ha enterrado usted, curita! -exclamó riendo cínicamente la del perfume. Y como una cabra, deslizóse de entre el grupo hostil. Guiada por su instinto maléfico, se lanzó al largo pasillo, y, no sin tropezar con un mozo que llevaba una fuente de frito y volcarla entera, hizo irrupción en el comedor. El familiar la seguía desesperado, sin conseguir darle alcance.

Cuando vio surgir, a manera de espectro del pasado, a la mujer que tan amenazado le tenía con "armar la gorda" si no le enviaba dinero y más dinero, el obispo de Arcayla palideció y se demudó, como el sentenciado cuando ve el patíbulo. No amor, no ternura, sino vergüenza y espanto le causaba, por terrible anomalía, la presencia de la que le había concebido en el pecado, abandonado en la niñez, olvidado en la juventud y abochornado y torturado en la edad viril. Cabalmente la ignominia y degradación de la madre impulsaron al hijo a abrazar el sacerdocio, renunciando para siempre al amor, al hogar, a toda perspectiva de felicidad mundana. ¡Y ahora se le presentaba, le echaba en rostro la afrenta, allí, en presencia de todos, delante de los que venían a honrarle, en ocasión de estar recibiendo públicamente un testimonio de respeto, un homenaje halagüeño y merecido!

Era hombre el obispo, era de carne su corazón, y se retorcieron en él las víboras de una tentación horrible... ¡Desmentir, negar, expulsar a aquella mujer, sin perder un minuto, como a una pobre loca! Pero casi en el mismo instante, los brillantes del rico pectoral que estrenaba enviaron un rayo claro a sus pupilas... ¡La cruz resplandeció!

Y, descolorido, sereno, grave, cerrando los ojos, pisoteándose las pasiones, el obispo se levantó, fue al encuentro de la intrusa, tendió la frente al beso de los impuros labios maternales..., y, volviéndose a los convidados, dijo en voz algo velada, pero tranquila:

-Mi madre ha querido honrar hoy mi mesa... Madre, siéntese donde le corresponde: la presidencia, frente al señor ministro.

Años después decía el obispo, cargado de edad y de méritos, envuelta su humildad en la púrpura cardenalicia, como el cielo se envuelve en las magnificencias del ocaso:

-Así como hay "hijos de lágrimas", puede haber padres y madres "de penitencia". Yo pedí tanto por mi madre, que tuve el consuelo de verla morir en un convento de Arcayla, adonde se retiró voluntariamente.

Vestida ya con el hábito blanco y negro de Santo Domingo, sor Bibiana, pasados los primeros fervores de novicia, sintió renacer aquella inquietud, aquella fiebre que la consumía sin cesar desde la adolescencia. Más allá del cumplimiento de sus votos, del rezo, de la minuciosa observancia de la regla, de la existencia tranquila y metódica del convento, entreveía algo diferente: un horizonte celeste y puro, y sin embargo, surcado por relámpagos de pasión, elementos dramáticos que aumentaban su belleza, encendiéndola y caldeándola.

Mientras meditaba a la sombra de los cipreses tristes y las adelfas de rosada flor que crecían en el huerto conventual; mientras pasaba las gruesas cuentas del rosario y entonaba en el coro las solemnes antífonas, que resuenan hondas y misteriosas cual profecías, su espíritu volaba por las regiones del sueño y en su pecho ascendía poco a poco la ola de los suspiros.

Dos años hacía que sor Bibiana alimentaba secretamente aspiraciones quiméricas e indefinidas, cuando se supo en el convento que algunas hermanas dejarían la vida contemplativa por la activa, y saldrían a ejercitar la virtud en un hospitalillo cuidando enfermos y asistiendo moribundos. Fundado tal establecimiento por dos sacerdotes, sin más recursos que la caridad pública, el obispo, asociándose a la buena obra, les ofrecía el personal de enfermeras reclutado en los monasterios. Bibiana se brindó gozosa; al fin encontraba un camino que recorrer: la deseada senda de espinas, que a su corazón parecía de flores. Y desde el primer día se dedicó a la faena con una especie de transporte, derrochando salud y juvenil energía, encontrando un goce en las privaciones y un interés extraordinario en las más insípidas y monótonas labores del hospital. Con la sonrisa en los labios y el regocijo en los ojos, volaba de las salas de enfermos al ropero y al botiquín, del botiquín a la cocina, y sus manos pulcras, empalidecidas y blancas como azucenas en claustro, se encallecían y se ponían rojas al contacto de las cacerolas que fregaba, acordándose de San Buenaventura, el cual también fregó con sus manos de serafín la pobre cacharrería conventual. No tomaba descanso, no quería sentarse ni un momento, y en las cortas horas que consagraba al sueño indispensable, despertábase con sobresalto cien veces, recelando que la llamaba el quejido de un enfermo o el tilinteo de las llaves de la superiora.

No obstante, al año de asistir empezó a extinguirse el entusiasmo de sor Bibiana. No era que vigilias y fatigas rindiesen su cuerpo, era que lo invariable, constante y oscuro de la labor abrumaba su espíritu. Volvían a acosarla las mismas ansias que en el convento; volvía a soñar con algo que tampoco en el hospital encontraba. La senda de espinas no subía enroscándose hacia la cima del enhiesto monte; se desarrollaba uniforme, sin interrupción, por una planicie árida. Lo que hacía ella, Bibiana, igual podría hacerlo una sirvienta, una lega de ésas que como máquinas funcionan, sin sentir vehemente impulso de heroico sacrificio. Mudar apósitos, doblar ropa blanca, graduar medicamentos, hacer camas, acercar a los labios del enfermo la taza de caldo o el vaso de limonada refrescante parecíanle ya a sor Bibiana, adquirido el hábito, quehaceres caseros que se cumplen por rutina, con el alma a cien leguas y el pensamiento adormecido. La repetición del acto embotaba la fina percepción y gastaba el celo de Bibiana; sólo el sentimiento del deber la sostenía, y a cada orden de la superiora obedecía estrictamente, pero sin ilusión. Una voz, la voz tentadora de antes, le murmuraba allá dentro: "Bibiana... Hay algo más."

Ocurrió que por aquel tiempo vino a ingresar en el hospital un enfermito, del cual las monjas, aunque tan hechas a ver dolores y males, se compadecieron profundamente. Era un niño de cinco años, con todo el brazo izquierdo devorado por horrible quemadura, atribuida a negligencia intencional quizá, de la indiferente madrastra que no había venido a verle ni una vez, abandonándole como a pajarillo que el temporal lanzó del nido al pie del árbol. Rubio y lindo, demacrado por tanto sufrir, el niño atrajo a las hermanas en derredor de la cama donde gemía. Eran mujeres; bajo el sayal latía su seno que pudo haber lactado, y las traspasaba de lástima tanta inocencia desamparada y torturada cruelmente.

Degenerada la llaga en mortal úlcera, amenazando la negra cangrena, era preciso cortarle el brazo entero a la criatura. Tenían las monjas húmedos los ojos y descolorida la faz cuando el médico dispuso que se trajese lo necesario para proceder inmediatamente a la operación. Y la superiora, enternecida, con voz de abuela a la cabecera de su nietecillo, preguntó si no había medio de salvar al enfermo sin aquella carnicería espantosa.

-Hay un remedio... -contestó el doctor-, pero... ¡si este niño tuviese madre! Porque una madre únicamente... Ya ve usted: era preciso cortarle a una persona sana y fuerte un trozo de carne para injertarla sobre la úlcera y dar vida a esos tejidos muertos. El medio es atroz... Ni pensarlo.

La superiora calló; pero sus ojos mortificados, marchitos, vagaron por el grupo de las monjas, entre las cuales muchas eran robustas y jóvenes. Aquellos ojos graves y elocuentes parecían decir: "¿No hay alguien que ofrezca su carne por amor de Jesucristo?" El silencio de la superiora fue contagioso: las hermanas, trémulas, sobrecogidas, no respiraban siquiera.

De pronto, una de ellas se destacó del círculo, y haciendo ademán de recogerse las mangas, exclamó con voz vibrante:

-¡Yo, señor doctor; yo, servidora!

¡Sor Bibiana, que si de algo temblaba era de gozo! ¡Por fin! Aquello era lo soñado, el dolor súbito, intenso, sublime, el valor sin medida, la voluntad condensada en un rayo; aquello el martirio, y allí, sostenida en el aire por brazos de ángeles, invisible para todos, para ella clara y resplandeciente, estaba la corona que descendía de los cielos entreabiertos!

Rodeaban a Bibiana sus compañeras santamente afrentadas y envidiosas; la superiora la abrazó murmurando bendiciones, y el médico, inclinándose respetuosamente, descubrió el brazo blanco, mórbido, virginal, de una gran pureza de líneas, y buscó el sitio en que había de coger la firme carne. Y cuando, hecha la ligadura, al primer corte del acero, al brotar la sangre, se fijó en el rostro de la monja, que acababa de rehusar el cloroformo, notó en la paciente una expresión de extática felicidad y escuchó que sus labios puros murmuraban al oído del operador, con la efusión del reconocimiento y la suavidad de una caricia:

-¡Gracias! ¡Gracias!

Mucho se comentó la repentina "zambullida" de un hombre tan joven, festejado, rico, e ilustre como Jorge Afán de Rivera. En la flor de sus años, Jorge, tipo de sociabilidad entre los vagos de Madrid, se retiró a una finca que poseía en lo más selvático y bronco de los montes de Extremadura, negándose a ver a nadie, a recibir a ningún amigo, a abrir cartas y telegramas y viviendo sin más compañía que la de algunos servidores, gañanes y pastores, que atendían al cuidado de la casa y del ganado, pero a quienes sólo por indispensable necesidad admitía el amo a su presencia.

Repito que se hicieron mil comentarios sobre el acceso de misantropía de Jorge. Quién lo atribuyó a desengaños amorosos; quién, a pérdidas al juego; quién, al descubrimiento de trágicas historias de familia... Los íntimos de Jorge -que éramos Paco Beltrán y yo- nos reíamos al oír tales hipótesis. Ni Jorge había sufrido desengaño alguno, ni sabíamos que amase de veras a ninguna mujer: sus aventuras eran cosa pasajera, sin consecuencias. Todavía menos jugador que enamorado: no tocaba una carta y le aburría la Bolsa. En cuanto a historias de familia, mi padre, que había sido constante amigo del suyo, aseguraba que no era posible en tan honrado hogar ningún misterio bochornoso. Por suponer algo, supusimos que Jorge padecía uno de esos males del alma que no tienen nombre conocido, y así pueden impulsar al suicidio como al claustro o al manicomio. Jorge quería ser ermitaño laico... Ya se cansaría de vivir entre fieras y volvería al mundo, a divertirse por todo lo alto, como en sus buenos tiempos...

Y con esa esperanza íbamos olvidando suavemente al amigo, cuando recibimos un urgente telegrama, una nueva terrible. Cazando por los breñales se le había disparado la escopeta a Jorge Afán, había recibido el plomo en el vientre y se hallaba expirante.

Beltrán y yo salimos en el primer tren, y sólo llegamos a tiempo de recoger el último suspiro del desdichado, pero no de oír su voz, pues se encontraba tan a punto de muerte, que tal vez no se dio cuenta de que éramos nosotros, llamados por él, los que apretábamos su mano. Por mutuo convenio nos declaramos los amos allí, para evitar desmanes de servidores y hacer dignos funerales al amigo muerto.

La noche que precedió a su entierro y mientras le velábamos, volvimos a comentar el extraño destino de aquel hombre que voluntariamente había truncado su existencia social; y Paco sacando del bolsillo una llavecita dorada, dijo con alterada voz, señalando a un mueble antiguo, con ricos herrajes, perdido en un rincón del vasto aposento:

-En ese mueble debe encerrarse el secreto de Jorge, porque esta llave que le encontramos en el cuello, pendiente de una cinta, al amortajarle, es la que abre el bargueño.

La tentación era demasiado fuerte para nuestra curiosidad, y, entendiéndonos de una ojeada, nos decidimos a usar la llave. Cayó la cubierta, dejando ver la graciosa cajonería dorada y las columnitas del templete, y encontramos los cajones llenos de frioleras sin valor, hasta acertar con uno que encerraba un manuscrito de letra de Jorge. Nos apoderamos del tesoro, y lo desciframos a la luz de las velas que alumbraban el cadáver... Era extenso; pero lo resumiré en pocos renglones, a fin de que el lector conozca la singular alucinación de aquel desventurado amigo nuestro:

"Maldigo -viene a decir en sustancia la confesión de Jorge- la curiosidad que me impulsó a asistir a algunas sesiones de espiritismo y sugestión hipnótica en casa de Mirovitch, el secretario de la

Embajada rusa. No es que llegase a prestar fe a tales historias; antes por el contrario, me parecieron casi todas ellas patrañas y mojigangas buenas para chiquillos; pero, sin duda, la excitación que tales jugueteos con el mundo invisible causaron en mi sistema nervioso fue honda y funesta: sin duda vibraron en mí cuerdas desconocidas y muy sensibles, pues desde entonces comencé a advertir un fenómeno que no sé si existe tan solo en mi imaginación exaltada, o tiene alguna correspondencia con la realidad, y se debe a causas físicas que ignoramos aún, pero que la ciencia estudiará y demostrará en los siglos venideros.

Es el caso que al día siguiente de la última sesión -en que Mirovitch, fijando en mí tenazmente sus ojos verde esmeralda, había intentado dormirme- fue cuando sentí el primer ataque del padecimiento; fue cuando empecé a ver "los hilos", los horribles hilos que forman la misteriosa tela donde mi alma agoniza.

Intentaré explicar lo que son estos hilos, para que si alguien lee después de mi muerte mi confesión, comprenda que yo no estaba loco, sino a lo sumo alucinado: que fui víctima de una morbosa perturbación de los sentidos, pero que mi razón supo interpretar mis visiones.

Sucedió que al otro día de la sesión espiritista, ya aburrido de tales farsas y resuelto a no tomar más parte en ellas, me fui al Real, donde cantaban Hugonotes. Había un lleno, y estaban allí todas mis relaciones: todas las mujeres que, afables y expresivas, me saludaban con dulces sonrisas, todos los hombres me apretaban la mano afectuosamente. Recorrí con los gemelos butacas y palcos. A tiempo que dirigía los cristales al rostro de la condesa de Saravia, bella dama a quien yo trataba mucho y respetaba más, por su intachable reputación y la dignidad de su porte, distinguí, ¡Jesús me valga!, el primer hilo. Era -me acuerdo bien- rojo, como abrasadora llama y salía del corazón de la señora, yendo, después de flotar y culebrear en el aire, a enroscarse sutilmente en el cuerpo de Tresmes, el galanteador más perdido de la corte. Al pronto no entendí la significación del maldito hilo. Froté con el pañuelo los vidrios de los gemelos y me froté después los ojos. No cabía duda, el hilo ardentísimo iba de la intachable esposa a buscar al galán impuro.

Persuadido de que estaba malo de la vista, torcí los gemelos y encontré la carita angelical de Chuchú Cárdenas, una de esas criaturas de dieciséis años que perecen desprendidas de un lienzo murillesco, un rostro matizado por el rubor y aureolado por la candidez virginal..., y vi, sin que cupiese duda, otro hilo dorado que salía de su ebúrnea frente y se deslizaba hasta las butacas para introducirse en el bolsillo del opulento negociante Rondón, calvo como una bola de billar, gordo y colorado como un pavo, por más señas...

Varié de objetivo con repugnancia; pero fue inútil; dondequiera que me volviese, la atmósfera del teatro se poblaba de hilos que flotaban en todas direcciones, y la lucerna de cristal, fija en medio, me parecía, con más razón que nunca, enorme araña pronta a saltar sobre la presa. Vi un hilo negrísimo, de odio y traición, que iba del político X*** a su jefe natural y gran protector Z***; un hilo verde, asqueroso, de la recién casada Eloísa D*** a la decrépita persona del general N***; un doble hilo oscuro, de envidia mortal, que recíprocamente se enviaban las dos amigas A*** y B***; un hilo sombrío, de fúnebre aspecto, del mozo H*** a su padre R***, que no acababa de morirse y dejarle su codiciada herencia... Y yo veía tenazmente los hilos, invisibles para todos, y sentía espesarse la tela oscura y polvorienta que me rodeaba, y crecer hasta el paroxismo mi angustia y mi horror, que me oprimía el espíritu. Allí se patentizaban los bajos apetitos, las vilezas, las miserias de nuestra condición, reveladas por los hilos infames, de concupiscencia, de codicia, de dolo, de maldad, de instintos homicidas... Y como el fenómeno se repitiese las noches siguientes; temiendo que de las personas a quienes creía yo inspirar algún efecto puro y generoso saliesen también hacia mí los hilos, resolví de pronto recogerme a la soledad más completa y poder, con tal arbitrio, conservar algunas ilusiones, sin las cuales no cabe vivir, a no ser en el infierno."

Al terminar la lectura del manuscrito que he resumido brevemente, Paco Beltrán y yo nos miramos despacio, estremecidos, y luego nos volvimos a contemplar la faz del muerto, serena, afilada ya por la nariz, con esa palidez de cera que presta tanta majestad a las caras de los que emprendieron el gran viaje.

-¿Crees tú que estaba loco? -me pregunto Beltrán.

-Loco lúcido -respondí, pasándome la mano por la frente y enrollando el manuscrito para guardarlo.

El fraile dominico encargado de exhortar a la mujer poseída del demonio, para que no subiese a la hoguera en estado de impenitencia final, sintió, aunque tan acostumbrado a espectáculos dolorosos, una impresión de lástima cuando al entrar en el calabozo divisó, a la escasa luz que penetraba por un ventanillo enrejado y lleno de telarañas, a la rea.

Escuálida y vestida de sucios harapos, reclinada sobre el miserable jergón que le servía de cama, y con el codo apoyado en un banquillo de madera, la endemoniada, que se había llamado en el siglo Dorotea de Guzmán, que había sido orgullo de una hidalga familia, alegría de una casa, gala y ornato de las fiestas, parecía un espectro, una de esas mendigas que a la puerta de los conventos presentaban la escudilla de barro para recibir la bazofia de limosna. Su estado de demacración era tal, que a pesar de verse por los desgarrones del mísero jubón las formas de su seno, el dominico, que era un asceta y solía luchar con tentaciones crueles, no sintió turbación ni rubor, y sólo la piedad, la dulce y santa piedad, le impulsó a ofrecer a Dorotea amplio pañuelo de hierbas, y a decir benignamente:

-Cúbrase, hermana.

De tanta miseria y abyección tomó pie el fraile para empezar a convencer a Dorotea de que sacudiese el yugo de un amo que así paga a sus fieles servidores. Y mientras la posesa clavaba en el religioso sus grandes pupilas color de humo, donde, de cuando en cuando brillaba fosfórica chispa, él habló copiosamente, con unción y ternura, encareciendo la amorosa efusión de Cristo, que siempre tiene abiertos los brazos para recibir al pecador, la continua intercesión de su Santa Madre, la infinita misericordia del Criador, que sólo nos pide un instante de contrición para borrar todos nuestros delitos. Mas no tardó en advertir el dominico que la sentenciada le oía con salvaje insensibilidad, bajo la cual trepidaba una cólera sorda; y entonces pensó que convendría, para abrir brecha en un alma contaminada por la presencia de Satanás, hablar un lenguaje humano, casi egoísta, buscar palabras que irritasen a la pecadora y la forzasen a una discusión, en que saldría vencedor el dominico.

-Dorotea -dijo, tuteándola con violencia y enojo-, mira que ya pronto comparecerás ante ese Dios que va a pedirte cuenta de tus actos, y que a una vida de sufrimientos pasajeros seguirá otra de suplicios perdurables. Un paso, un segundo, es el tránsito a la eternidad, y esa eternidad es fuego, no como el de aquí, que causa la muerte, y con la muerte trae el descanso, sino interminable, horrendo, continuo, que renueva las carnes para volverlas a tostar y recuaja los huesos para calcinarlos otra vez. Pobre oveja que has seguido al hediondo macho cabrío, ahí tienes lo que te espera. ¿No te avergüenzas de ser esclava del demonio? ¿No lloras al menos tu esclavitud?

La endemoniada seguía guardando el mismo hosco silencio; pero, de pronto, se estremeció. Era que el dominico, enternecido por sus propias palabras, había dejado asomar a sus ojos humedad de llanto; y la mujer, conmovida, tal vez a su pesar por aquel indicio inequívoco de conmiseración, dijo sombríamente:

-Yo no puedo llorar. Lo primero que hizo mi dueño y señor Satanás fue quitarme las lágrimas de las pupilas y el calor de los miembros. Toca y verás.

Y alargando una mano, rozó la del dominico, que retrocedió espantado de la glacial, de la mortuoria frigidez de aquella piel que creía abrasada por la fiebre.

-No me compadezcas -añadió orgullosamente-. La sensibilidad y el ardor que faltan por fuera se han refugiado en mi corazón, que es un brasero de llama rabiosa.

-Eso mismo les sucede a los santos -murmuró el dominico con angustioso afán-. Que ese fuego no se apague; pero purifícalo ofreciéndoselo a Jesús.

-No -respondió con energía la endemoniada, cuyo rostro se contrajo y cuyos ojos, donde boqueaba el horno de la escondida hoguera, bizcaron repentinamente con frenético estrabismo.

-Pero ¿por qué, desdichada hermana? Dame una razón, una siquiera. De cuantas sentenciadas me ha tocado exhortar, sólo tú has callado, en vez de blasfemar y maldecir. Maldice, que lo prefiero. Ya sé que han sido inútiles los exorcismos, los conjuros, el hisopo, las oraciones, las santas reliquias; ya sé que el demonio no ha salido de ti, porque no quisiste tú que saliese, y como Dios, que ha podido criarte sin tu voluntad, no puedo contra tu voluntad salvarte, el espíritu impuro se alberga aún en tu seno. No he pensado en emplear contra ti la fuerza; te pido y te ruego, si es menester de rodillas, que me des una explicación de tu ceguedad. Eras hermosa y eres horrible; eras dama principal y pudiente, y eres menos que las mujerzuelas de la calle; eras buena y honrada, y eres ludibrio y vergüenza de tu sexo... ¿En qué moneda te paga el maldito? ¿Qué felicidad ignominiosa te da a cambio de todo lo que sacrificas por él?

Crispando los labios y arrancando del pecho un suspiro ronco, respondió la poseída:

-Ya que te empeñas en saberlo, lo sabrás. No creas que en este momento habita en mí el que llamas espíritu maligno. Sufría con los exorcismos y las reliquias y se apartó de mí. Pero sé que volverá, y sé que cuando me achicharren nos vamos a reunir para siempre.

-¡Qué horror! -exclamó, santiguándose, el dominico.

-Escucha -prosiguió la endemoniada-. No ignoras que en el mundo fui mujer de calidad, ensalzada por linda, respetada por noble, codiciada por rica, aplaudida por discreta. Estas prendas me atrajeron rondadores y galanes; pero ninguno supo hacer que yo pagase sus finezas. Pasaron por delante de mis rejas o de mi estrado y los desdeñé, porque mi alma, que se remontaba muy alto, aspiraba, secretamente, a algo más grande, a un príncipe, a un monarca, a un ser extraordinario, desconocido y superior. Sucedió que una prima hermana mía, que acababa de vestir el sayal de las carmelitas y a quien yo solía visitar en su reja, comenzó a hablarme exaltadamente de sus nupcias con Jesús, de los éxtasis y deliquios que gozaba en brazos de su celestial Esposo y de lo despreciables que parecen, en cotejo de tan divinos regalos, los amoríos y las aventuras de la tierra. Estos coloquios me trastornaron y emprendí una vida de devoción y de mortificaciones que hizo creer a todos, y a mí la primera, que sentía una vocación monástica firme e irresistible. Mientras tanto, en mi interior yo me despedazaba de congoja, de inquietud y de tedio, y un día, en un arranque de sinceridad, dije a mi prima la monja: "Ya no te envidio. Soy demasiado altanera para envidiar un Esposo que con infinitas esposas habrás de repartir. Ahora mismo, en centenares de claustros y en miles de celdas, tu desposado visita a otras mujeres. Desprecio lo que no es sólo mío."

-¡Diabólica soberbia! -gimió el fraile-. ¡Era el tentador quien te sugería esa locura!

-Aquella noche -prosiguió Dorotea-, estando yo a punto de recogerme y habiendo soltado ya de la redecilla la mata de pelo, he aquí que se me aparece...

-¿Un monstruo horrendo?

-Un mancebo pálido y triste, pero hermoso, muy hermoso.

-¿Con olor a azufre? ¿Con pezuña hendida?

-No; con un cerco de luz rojiza alrededor de la rizada melena rubia.

-¡Virgen santa! Era, sin duda, un íncubo.

-¿Un íncubo? -repitió, sorprendida, Dorotea.

-Así llamamos al demonio cuando toma bella forma de varón para manchar y escarnecer a una mujer desdichada como tú.

-No se trata de escarnecer ni de manchar, pues el aparecido y yo entretuvimos la noche conversando castamente. Refirióme su historia punto por punto, y supe que era un gran príncipe, arrojado de los reinos de su padre por un instante de rebeldía, y que mientras a su padre todos le ensalzan y pronuncian su nombre con adoración, del hijo rebelde abominan y maldicen. Cuando supe que nadie le quería, cuando comprendí su desventura inmensa empecé a sentir que le quería yo y a soñar que mi amor le compensase todo cuanto había perdido, hasta los reinos de la gloria. Al amanecer se fue, pero volvió a la noche siguiente, trayendo un botecillo de un ungüento, con el cual me frotó las plantas de los pies y las palmas de las manos, y salí volando por el ventanillo. Cruzamos espacios inmensos, y abatiéndonos a tierra entramos en unas cuevas muy profundas, abiertas en el seno de altas montañas, y cuyo techo parecía de diamantes. Allí se apiñaba una muchedumbre inmensa, que reconocía la autoridad de mi señor, y bullía al pie de su trono una hueste de mujeres hermosísimas, cortesanas, reinas o diosas, desde la rubia Venus y la morena Cleopatra hasta la insaciable Mesalina y la suicida Lucrecia. Y como yo sintiese en el corazón la mordedura de los celos vi que las apartaba indiferente, sin mirarlas, y oí que decía: "No temas; yo no soy como el "Otro", yo no me reparto... Te pertenezco, Dorotea, pero tu también me perteneces a mí en vida y muerte". Cada noche, al dar las doce, le esperé y le acompañé, y fui venturosa.

-¡No llames ventura a las infames torpezas en que te encenegaba el enemigo de Dios! -protestó el dominico.

-¡Si no he cometido torpeza alguna! -respondió altivamente Dorotea-. Lo primero en que convinimos él y yo fue en que nuestro cariño sería el de dos espíritus, y mantuvimos el pacto. Mi señor tuvo a menos sujetarme con las cadenas de la materia, y cifró su orgullo en poseer mi alma, y nada más que mi alma, por voluntad mía. Mil veces me ha repetido que gracias a mí, puede alabarse de un triunfo que sólo a Dios parecía reservado: el de ser querido espiritualmente, sin mancha de concupiscencia. En cambio, yo sé que no tengo rivales, y que soy el único bien de mi señor. Nada me importa el vilipendio ni el tormento que me han dado. La muerte, la deseo. Cuanto antes enciendan el brasero para mí, más pronto me reuniré con "él".

Y volviendo la espalda al fraile, la posesa ocultó el rostro en la esquina de la pared resuelta a no decir otra palabra.

Cuando salió el dominico de la prisión de la relapsa empedernida, sollozó, besando el Crucifijo pendiente de su grueso rosario:

-¡Cómo permites, Jesús mío, que te parodie Satanás!

LA LÓGICA

Justino Guijarro es digno de que le consagre una mención la historia individual, que llaman los profanos literatura novelesca. Aunque el drama de la existencia de Justino Guijarro no haya obtenido la fama que merece, a título de caso significativo y curioso, los que le conocimos y recibimos sus últimas revelaciones en momentos terribles no debemos dejar sepultada en el olvido la memoria de hombre tan extraordinario.

Ante todo, sepan las generaciones venideras que Justino Guijarro murió en el patíbulo. No vayan a suponer (apresurémonos a decirlo) que Justino fue en el mundo de los vivos algún malhechor de oficio, algún capitán de gavilla. No vayan a confundirle tampoco con los que asaltan casas para saquearlas, o dejan seco a un prójimo para apoderarse de su cartera, repleta de billetes de Banco. Ni menos le identifiquen con esos energúmenos poseídos de instinto brutal que estrangulan a una mujer por celos o porque los desdeñó. A Justino nunca le dominaron furiosas concupiscencias ni bajas codicias; como que vivió entregado al estudio, a la meditación, chapuzado y sumergido en los insondables lagos del pensamiento y colando por finísimo tamiz las ideas, que otros menos cavilosos se tragan sin mascar. Distinguióse, además, Justino por su religiosidad exacerbada, de la cual, piense lo que quiera el lector, habrá de reconocer que es demostración elocuente lo que va a saber recorriendo estas

páginas, donde descubro el secreto de un alma singular, única tal vez.

Justino había nacido con el cráneo puntiagudo, angosto, indicación exterior de lo elevado de sus especulaciones y lo espiritual de su modo de ser. Desde niño discurrió tan estricta y ajustadamente, que sus raciocinios eran cuñas hincadas en el cerebro. Perseguía hasta sus últimos términos las consecuencias de una premisa, y ¡ay! del que discutiendo le concediese lo mínimo; una leve concesión proporcionaba a Guijarro argumentos irrefutables con que apurar a su adversario y rendirle por fin. Se le temía; nadie quería medirse con él, y dijérase que en él revivían aquellos escolásticos de la Edad Media, capaces de partir en cuatro un cabello de mujer rubia.

Con el propio método que aplicaba a las cuestiones intelectuales resolvía Justino los problemas de la vida práctica; empresa doblemente peliaguda, pues nadie ignora que esta pícara vida que padecemos es compleja, sinuosa y contradictoria a veces como ella sola, sin que se pueda evitar, y el más terne e inflexible de los pensadores se ve obligado, ya que no a caer siete veces al día, por lo menos a transigir setenta con las circunstancias. Justino, sin embargo, no entendiendo de transacciones, optaba por tener setenta choques diarios y pasar otras tantas veces por necio e insufrible; el mundo es tal, que no concibe que nadie siga la línea recta, así conduzca al precipicio. Los disgustos que Justino sufría debieron de contribuir no poco a exaltar su grande ánimo y a sugerirle las extrañas resoluciones que pronto se verán.

Era casado Justino; su lógica religiosa le había inducido al matrimonio desde los primeros años de la juventud. Muchos tardó en tener sucesión; pero al cabo se notaron en la esposa de Justino señales inequívocas de que se aproximaba un feliz acontecimiento, y nació un chico precioso, frescachón y robusto, de ésos que envanecen a los padres.

No obstante, Justino, en vez de complacerse y regocijarse con su paternidad, dio en ponerse mohíno y melancólico. Cada vez que le presentaban el chico, que la madre, entusiasmada, le subía hasta los labios del padre para que le estampara un beso, el rostro de Justino se contraía, y sus ojos, nublados por la meditación, despedían una luz triste y lúgubre...

-Al ver a mi hijo -traslado aquí las propias palabras del ínclito pensador desconocido, cuya historia voy narrando-, yo no podía sentir lo que siente el vulgo de los padres; un goce pueril y meramente instintivo, un impulso animal... Al contrario: un mundo de reflexiones acudía a mi mente; su peso me abrumaba y me confundía. La responsabilidad que gravitaba sobre mí era incalculable, inmensa; en mis manos, a mi cargo, tenía el porvenir de un hombre, de un ser racional. Al hablar de "porvenir", comprenderá usted, conociéndome ya por mis confesiones, que no me refiero al "porvenir" tal cual lo entienden los otros padres, y que sólo abarca los días de una existencia transitoria. Dinero, honores, posición, salud... ¡Qué son esos bienes de un minuto para quien ve, con la inteligencia, con la razón, con las potencias superiores, en fin, desarrollarse lentamente la inmensa procesión de los siglos, y considera, en cambio de los espasmos de un vértigo sublime, el horizonte infinito de la eternidad!

El cuerpo de mi hijo, montón de carne blanca y sonrosada, no existía para mí o, si existía, no tenía valor alguno; pero ¡su alma, su alma inmortal, destello divino comunicado a la materia! "Salva su alma -me decía a cada instante la voz cristalina de la "Lógica", mi maestra y consejera infalible-. Salva su alma, evítale el pecado, ábrele de par en par las puertas de oro del Cielo". Y para salvar su alma yo no tenía más remedio que uno, y, después de largo combate conmigo mismo, lo puse en práctica. Cierta noche, mientras la madre dormía rendida de cansancio de haber dado el pecho, me acerqué a la cuna de mi hijo, dormido también; eché sobre su carita el embozo de la sábana; luego, las dos almohadas; apoyé las palmas de las manos con toda mi fuerza... y me sostuve así hasta que... hasta que lo salvé, enviándole a gozar la eterna bienaventuranza.

La muerte de mi hijo -prosiguió Justino después de una pausa profunda- se atribuyó a causas naturales. Pero yo quedé a vueltas con el problema no menos grave, que era el de mi propia salvación. La "Lógica" me decía que si salvaba a otro, por razones de mayor cuantía estaba en el caso de salvarme a mí mismo, puesto que la salvación es el fin supremo a que deben encaminarse nuestros pasos en la tierra. Al salvar a mi hijo había cargado mi conciencia sin poderlo evitar, con un pecado: convenía expiarlo; todo esto era lógico y más lógico aún que si la muerte me cogía de sorpresa, mal preparado, marraba el negocio de mi alma, el solo negocio importante.

Necesitaba, pues, dos cosas: hacer penitencia en esta vida y saber a punto cierto cuál había de ser el instante de mi muerte, para encontrarme prevenido y dispuesto. No valía suicidarse; el que se suicida no muere en gracia. Era preciso discurrir otra combinación y, lógicamente, encontré una luminosísima. Esperé el momento en que mi esposa muy afligida desde el fallecimiento del niño, regresaba de la iglesia, donde había confesado y comulgado, y aprovechando la buena disposición en que se encontraba y el instante en que se inclinaba para desabrocharse las botas, di sobre ella armado de un cuchillo de cocina, y de la primera puñalada... la salvé. Cuando expiró, cubierto de su sangre, me presenté a la Justicia. Mi parricidio (así lo llamaron) era según decían, patente y horrible; fui sentenciado a morir, y en los largos días de la prisión tuve tiempo para hacer mortificaciones, ponerme a bien con Dios (lo espero) y arreglar todos mis asuntos de conciencia de tal suerte, que, al ofrecer el cuello a la argolla expiatoria, llevaré lógicamente noventa y nueve probabilidades contra una de salvarme también...

Lo único que me confunde, lo único que ha turbado mi espíritu, ya casi sumergido en la contemplación de lo ultraterrenal, es que el sacerdote que viene a consolarme en esta capilla, en vez de alabar la lógica de mi conducta, parece persuadido de que no hice sino atrocidades... Verdad que es un pobre cura de misa y olla, y temo que por falta de cultura y preparación filosófica no comprenda la alteza de mi concepción, el admirable equilibrio de mis actos... En vano le repito hasta la saciedad un argumento irrefutable. Pecado fue matar a mi mujer y a mi niño: lo conozco y lo deploro; mas si todos somos pecadores, y yo no podía jactarme de haber vivido sin pecar, a lo menos mis pecados son de tal naturaleza, que han abierto el paraíso a los dos seres que más amé, y probablemente a mí me lo abrirá mi expiación... El cura, hombre sencillo y limitado, cuando le presento esta conclusión agudísima no responde sino meneando la cabeza y murmurando ciertas frases que considero ¡lógicas a todas luces; por ejemplo: "La misericordia de Dios alcanza a los malvados, y con más razón a los ilusos y a los maniáticos y dementes. Déjese de lógicas, y rece y llore, y arrepiéntase cuanto pueda."

-No desconfiemos nunca -decía el padre Baltar, curtido ya en las lides del confesionario-, no desconfiemos nunca de la salvación de un alma, porque sería desconfiar también, ¡qué horror y qué absurdo! de la inefable Misericordia. ¿No han oído ustedes de unos granitos de trigo que se encontraron en el fondo de las Pirámides, allá en la cámara sepulcral de los Faraones, donde al parecer sólo existía la lobreguez de la muerte? Pues alguien que pasó por loco sembró ese trigo, y el grano, con sus dos mil años de fecha, germinó, echó espiguita y de aquella espiguita pudo amasarse una hogaza de pan. ¿Qué digo "pan"? ¡Se pudo amasar "una hostia", el cuerpo de Cristo sacramentado! Si los que registramos las tinieblas de las almas, que a veces son cámaras sepulcrales con hedor de muerte, dejásemos apagarse la lámpara de la esperanza, ¿qué haríamos?... ¡Sentarnos a llorar en las tinieblas!

Voy a referirles a ustedes -prosiguió- un sucedido, que puedo contar porque no lo aprendí en los dominios del sigilo absoluto, o sea en la confesión. El mismo protagonista de la historia se la confió a algún amigo, y aunque no hemos de considerarla pública, tampoco es hoy ningún secreto.

Era el héroe, a quien llamaré Román, un hombre como hay bastantes en la sociedad contemporánea; cristiano y católico, y hasta sincero creyente, pero indócil a la regla y a la ley y tomando por letra muerta los preceptos establecidos para vivificar las almas. No desacataba los mandamientos de la Iglesia; preciábase, al contrario, de observarlos; pero hacía mangas y capirotes de los de la ley de Dios; como aquí todos somos gente formal, no repararé en decir que el capítulo en que Román se creía más exento de obligación era el de las mujeres. Este error es comunísimo, y no contribuye poco a sostener la anemia y la miseria fisiológica de las generaciones actuales. La pureza de costumbres es un tónico, y el pueblo que sabe conservarla, conserva también la virilidad y la salud. Ya ven ustedes que prescindo del aspecto religioso y moral de la cuestión y sólo miro el social. Es para mí motivo de gran sorpresa el ver que hoy, con tanto como se invoca la higiene y se procura la robustez corporal, se erige en axioma que todo es lícito en ciertas materias, y las restricciones, antiguallas y ridiculeces deben caer en desuso. Suprimir la responsabilidad; desatar el apetito; cubrirlo todo con el manto de la risa; transformar el mundo civilizado en bosque donde el cazador acecha la caza, ¿qué es sino retroceder al estado de barbarie? No me extraña el retroceso en los ateos y en los impíos, que van a él por la fuerza de la necesidad moral; pero me duele que almas como la de Román, a pesar de continuas amonestaciones allí donde no hablamos nosotros sino Jesucristo en persona, a pesar de la medicina, recaigan siempre, desdeñando parte de la ley como se desdeña un texto viejo y arrinconado.

Viniendo a la historia -continuó el padre reponiéndose de una involuntaria emoción-, diré a ustedes que Román, acérrimo defensor de una causa política siempre vencida, guerrillero varias veces, se había visto en trances apuradísimos, y en la última guerra civil, encontrándose rodeado de enemigos, herido y perdiendo sangre, debió la vida a un indomable veterano, el general Andueta, que, con riesgo de la suya, le acorrió. Cuidóle después en la ambulancia, le escogió para ayudante, y tratada la paz, le proporcionó medios de que viviese en Madrid con algún decoro. Retirado hacía años Andueta con su familia en una aldea de los Pirineos, enfermo y acribillado de mal cerradas cicatrices, Román casi no sabía de él, pero conservaba el culto de su recuerdo, y a veces me daba una misita de a duro "por la salud y la dicha del general Andueta, marqués de la Real Confianza". Entro en estos pormenores para que vean ustedes si tenía chispa de incrédulo Román. ¡De incrédulo! Tanto como de ingrato... Las misas las ayudaba él en persona.

Indiferente por naturaleza al lucro, siempre apurado de dinero, vivía Román en una modesta casa de huéspedes de la calle de Atocha, con las incomodidades y estrecheces propias de tales alojamientos. Era el verano, tiempo en que Madrid se despuebla, y sólo tres huéspedes albergaba la posada: un burgalés venido a despertar cierto expediente; Román, que era fijo, y una señorita como de diecinueve años, silenciosa, triste, vestida pobremente, de riguroso luto. El humor franco y comunicativo de Román no bastaba para animar la mesa redonda; pero a pocos días marchóse el burgalés y quedaron solos Román y la señorita, comiendo y almorzando juntos. No sería Román el que era, no tendría el criterio que tenía si no juzgase ridículo verse mano a mano con una mujer joven y agraciada y no ponerle, como suele decirse, los puntos. No sentía por ella pasión, ni aun el capricho tenaz que la remeda; no le quitaba el sueño por ningún estilo la enlutada a Román; pero la encontraba allí, y era suficiente. Informóse de la pupilera, y averiguó que la señorita se llamaba María Mestre; que era huérfana; que venía muy recomendada de unas monjas de Pamplona a buscar colocación en alguna casa rica para acompañar señoritas o cuidar de los niños; que se dudaba que la encontrase, ni aun a la entrada del invierno, porque para tales oficios sólo gustan las extranjeras, las gringas; y que doña Micaela, la susodicha patrona, le aconsejaba que bajase los humos y entrase de doncella, único medio de saldar la cuenta del hospedaje, que iba engrosando.

Semejantes noticias, lejos de purificar la intención de Román respecto a la pobre muchacha, la inflamaron con el torpe incentivo de la fácil ocasión. No formó ningún plan, sino que se dejó llevar de la corriente, y la estrategia se la dictaron los acontecimientos. Empezó prodigando a María mil atenciones en la mesa, y la muchacha comenzó a deponer su reserva y mutismo. Estas cosas se enredan como los gajos de cereza; de dar gracias y decir sí y no, se pasa a dialogar, de dialogar a platicar; de aquí a la sobremesa larga y a celebrar ocurrencias y chistes, luego al contento de estar juntos, a aceptar un paseíto a la hora en que refresca, en la jardinera tranvía; más tarde, una taza de chocolate o un vaso de horchata de chufas; después la excursión de noche, a pie, hacia las arboledas de la Florida o del Depósito de Aguas... Finalmente, llegó Román a requerirla de amores y ella a dejarse requerir, pues la afición ya tenía raíces en el pensamiento. Suprimo -advirtió con dignidad el sacerdote- los detalles de ésta que bien puede llamarse seducción, porque ni debo puntualizarlos ni hay quien no los adivine. Aunque María, inexperta y abandonada, quiso defenderse, no lo hizo con la resolución necesaria, y hubo un día en que Román la combatió de tal suerte que pudo dar por hecho que aquella misma noche conseguiría su vergonzoso triunfo. Quedaron citados, y Román, agitado e intranquilo sin saber por qué, se echó a la calle con ánimo de entretener las horas que faltaban.

Hacía un calor bochornoso; el celaje madrileño estaba color de plomo y púrpura, como el del célebre boceto de Goya, y la tempestad amagaba con rápidas exhalaciones, que por momentos rasgaban con luz sulfúrea las nubes. Román iba al azar, callejeando, distraído y absorto, sin reflexionar en qué; cuando dentro de la lógica del pecado debía hallarse gozoso, en realidad sentía una especie de angustia. La costumbre le trajo a las puertas de la iglesia donde yo celebraba entonces y donde muchas veces me había servido de acólito, vio que entraba gentío y entró también por instinto o pensando tal vez que un acto de devoción atenuaba la gravedad del delito ya inminente... La iglesia estaba iluminada por cientos de cirios; el altar mayor adornado con flores; revestidas de colgaduras de damasco encarnado las paredes; era el último día de una solemne novena, y había manifiesto, gozos, reserva y plática.

-¿Predicaba usted? -exclamamos interrumpiendo al padre Baltar.

-Creo que sí -contestó, algo cortado-; pero no me atribuyan ustedes mérito ninguno, porque cuando Román entró en la iglesia, el sermón había concluido e iban a reservar. ¡El único predicador que da en mitad del corazón es Cristo! Román fijó la mirada en el Sagrario, y al reflejo de los cirios, conservando tal vez en la pupila el color de las nubes o el tono de las cortinas, vio que la

Sagrada Forma no era blanca, sino roja, de un rojo intenso, ¡rojo de sangre! Espantado se abrió camino entre la multitud, y salió a la calle, y halló el cielo no ya encarnado a trechos, sino incendiado todo él, como una hoguera; y volviendo a entrar en el templo, se arrodilló, sollozó, y sólo cuando salió el último fiel y comprendió que se iba a cerrar tomó lentamente el rumbo de su posada...

¿Creerán ustedes que iba arrepentido, que iba resuelto a quitarse del peligro y del pecado?... ¡Ojalá! No por cierto. Sería no conocer la psicología de hombres como Román. Iba a la manera del esquife cuando una ola lo sube y otra lo baja, y, sin embargo, poco a poco se acerca al abismo. Al ascender por la escalera de la casa de huéspedes, ya casi había desechado el temor, y las lágrimas de atrición se habían secado en sus ojos... Entró en el comedor con la fiebre de la culpable esperanza, con el vértigo de una ilusión que viste de flores cuanto toca... Allí debía esperarle María. Y allí le esperaba, en efecto; pero con ella, en íntimo coloquio, se encontraba también un mozo de veinte años, de riguroso luto igualmente y tan parecido a María, que el más ciego los tuviera por hermanos. Al entrar Román se levantó el enlutado mozo y le tendió una carta, y como Román le mirase sorprendido, dijo cortés y tristemente:

-Es de su amigo de usted, del general Andueta.

-¡Del general Andueta! -repitió, aturdido y sin comprender, Román.

-Soy su hijo... Ésta es mi hermana -explicó con afabilidad el muchacho-. Aquí usaba el nombre de mamá porque ya ve usted..., teniendo que ponerse a servir..., un apellido tan famoso como el de Andueta... No diga usted nada a nadie, que yo también vengo con ánimo de trabajar, y me da fatiga. Seremos Mestre hasta que Dios...

-Pero mi general..., su padre de usted... -tartamudeó Román, que temblaba con todo su cuerpo y hasta con su alma.

-Ha subido al cielo... -pronunció el mozo con solemnidad-. Escribió esta carta muy poco antes de morir, para recomendarme a usted..., porque decía que era usted su mejor amigo, su otro hijo, y que era usted muy bueno..., ¡muy bueno! En usted confiamos, pues...

-Y de esta vez, ¿se dio Román por avisado? -preguntamos al padre Baltar.

-Tan avisado..., que aquella misma noche se mudó a otra posada, y al año se casó con María... ¡Un matrimonio ejemplar!

-¡El granito de trigo! -exclamamos satisfechos.

El ilustre sabio Marín Pujol vivía persuadido de que su existencia era sumamente útil a la Humanidad. Esta persuasión siempre es grata, siempre contribuye a que nos reclinemos satisfechos en la almohada, y a que la comida siente bien. Marín Pujol, en nombre de la ciencia, se reconocía digno de los encomios de sus admiradores y de las distinciones del Gobierno.

Esta ciencia de Marín Pujol no hay que decir que era la legítima, la auténtica, la que sólo admite por base del conocimiento el hecho y el dato experimental. Fuera de los hechos y los datos, todo vana palabrería, afirmaciones gratuitas, castillos en el aire y quimeras forjadas para engañar a la pobre gente incauta y crédula. De la teología, ni aun se tomaba el trabajo de hablar Marín Pujol; y profesaba tirria mayor a la metafísica, que calificaba de paparrucha insigne. Como Marín Pujol era frío y flemático, no se indignaba abiertamente con los que incurrían en la debilidad de filosofar y de inquirir si en el mundo hay algo más que aparentes evoluciones de una quisicosa llamada fuerza al través de la materia; pero inspirábanle los ilusos tranquilo desprecio y los consideraba cerebros endebles y sin jugo, algo que, intelectualmente, es análogo al niño o a la mujer. Ciertas declamaciones de ciertos individuos contra el materialismo y el positivismo, declamaciones que Marín Pujol graduaba, probablemente no sin razón, de alharacas hipócritas, habían afianzado el desdén en su espíritu y remachado en sus labios la negación helada y serena.

Acostumbraba el sabio salir al campo los domingos para disfrutar del buen olor de las carrascas y tomillares, y hacer su poquillo de geología. Unas veces iba enteramente solo; otras, acompañado de tres amigos de su mismo humor y aficiones. No les brindaba grandes atractivos la escueta Naturaleza castellana, y, realmente, estas excursiones eran un medio de contrarrestar la pésima influencia de una semana entera pasada en el gabinete, en el laboratorio o en la clínica, leyendo, estudiando y calentándose los cascos. En aquellos días de asueto les entraban a los sabios arrechuchos de gozo y de pueril travesura, ocasionados por el sol, el aire libre y puro, los incidentes del corto viaje, el hambre canina que se despertaba en sus fatigados estómagos y el placer de una refacción sazonada por la mejor de las salsas, la muy célebre de San Bernardo. Y era para ellos fiesta verdadera, aunque ninguno oyese misa, la excursioncilla barata, reanimadora y casi inútil, dígase la verdad, para el adelanto de la ciencia.

Un domingo de marzo, radiante y tibio como si fuese de mayo, salieron por el primer tren Marín Pujol y los tres acostumbrados excursionistas, a saber: Sánchez Abrojo, el médico; Daura, el químico, y Méndez Arcos, el antropólogo. En virtud de especiales razones iban aquel domingo los sabios de mejor talante que nunca. A Marín Pujol acababan de traducirle al sueco su obra predilecta, y tenía en su poder y llevaba en el bolsillo, para enseñarlo y lucirlo, el primer ejemplar. Sánchez Abrojo había realizado una operación dificilísima, algo, dicho profanamente, semejante a calar una cabeza humana lo mismo que quien cala un melón de Añover, y le rebosaba justa satisfacción por todos los poros del cuerpo. Daura creía poseer ya la fórmula definitiva para clarificar el vino, y esperaba de ella gran rendimiento pecuniario; y Méndez Arcos sabía de buena tinta que sus investigaciones y escritos sobre los establecimientos penales iban a ser causa de que se construyese una cárcel primorosa, lo que se llama una cárcel de recreo, con baños, gabinete de lectura y hasta sala de juegos no prohibidos. Sentían, pues, los cuatro expedicionarios profundamente toda la hermosura y benignidad del tiempo, y la idea del almuerzo a la sombra de alguna peña o debajo de una encina, sobre la alfombra de tomillo y cantueso, les dilataba el espíritu.

Bajáronse en una estación extraviada, un solitario apartadero, y emprendieron la caminata comentando festivamente todo lo que veían en el paisaje, que era bien árido y raso como una tabla. Ya distaban pocos kilómetros de un pueblecillo, y hasta divisaban el campanario despuntando en el horizonte, pero no querían acercarse, prefiriendo un cigarro al arrimo de cualquier matorral y descubrir un arroyo, que no faltaría. De repente, a Daura, que siempre se había preocupado de las cuestiones prácticas, se le ocurrió una pregunta: "¿Quién había traído el almuerzo?" Porque en la última expedición se convino que para la próxima le correspondía a Marín Pujol el suministro de víveres... Y Marín Pujol, dando un grito de terror muy cómico, exclamó que estaban perdidos: descuido de avisar al ama de llaves, mala cabeza... Si esperaban comer de lo que él trajese, ya podían hacerse sobre la barriga una cruz. Al pronto, los sabios lo echaron a broma. Así experimentarían el ayuno al traspaso de los primeros cristianos, y se cerciorarían de si Succi era o no era un trapalón. Pero a la media hora comenzaron a dar punzadas los estómagos y se acordó llegarse en busca de sustento al lugar.

No pasaría éste de unas diez o doce casas, agrupadas alrededor de la escueta y empinada torre de la iglesia. Bajo el sol ya abrasador, aunque primaveral, el lugar parecía dormido; ni se veía un alma ni se oía una voz; sin duda los moradores estaban labrando las tierras; y ni rastro de mesón, o venta, o cosa que lo valiese. Los sabios empezaban a ponerse asaz carilargos, cuando por la puerta de una corraliza, que cerraba un muro de adobes, vieron asomar medio cuerpo de una mujer muy arrugada y vieja, pero de semblante bondadoso y expresivo, que los miraba con marcado interés. Animado por este precedente, Daura, que ya se caía de necesidad, se resolvió a entrar en la corraliza y decir llanamente a la anciana que él y sus compañeros tenían hambre y que agradecerían de todas veras una cazuela de migas o unas sopas de ajo. Y la vieja, guiñando por la fuerza del sol sus ojos, del color de los búhos, respondió enfática y solemnemente:

-Adelante; se las daré por amor de Dios.

Miráronse los cuatro sabios: no les había sucedido jamás que por amor de Dios les diesen cosa alguna; verdad que tampoco ellos habían dado un comino por amor de Dios a nadie. Pasaron y se sentaron en el mismo corral, en un banco puesto debajo de una parra sin hojas, pero que entoldaban trozos de pleita raída y sucia. La vieja se metió en la casa, y pronto un olorcillo consolador y refocilante se esparció por la atmósfera, anunciando que en la sartén se doraban las migas. Sin desatender su fritada, la vieja iba y venía, tendiendo un rústico mantel, presentando toscos vasos de vidrio, trayendo agua, vino y un duro y fementido queso que pareció excelente a nuestros desfallecidos sabios.

Lo que les llamaba la atención era que durante estos preparativos, y lo mismo después, cuando sirvió las migas, que estaban diciendo "comedme"..., la vieja contemplaba a sus improvisados huéspedes con amor y entusiasmo, ni disimulado ni reprimido, y parecía caérsele la baba a hilo por la desdentada boca; siendo tan claras y evidentes las señales de gozo, reverencia y satisfacción de aquella infeliz, que en un momento en que ella no estaba presente, Marín Pujol tomó la palabra y dijo a sus socios:

-No puede ser, queridos amigos, sino que esta buena mujer nos ha conocido y sabe perfectamente quiénes somos, dándose cuenta, allá a su manera aldeana y sencilla, de lo que hemos hecho en honor de nuestro siglo y de nuestros semejantes. No estará en pormenores; ignorará, por ejemplo, que mi gran obra sobre La transmisión de la energía acaba de ver la luz en Estocolmo (aquí tengo el ejemplar); no se habrá enterado del reciente triunfo de Sánchez, ni de las útiles investigaciones de Daura, ni de los trabajos valiosos de Méndez...; pero a su modo y por instinto nos adivina, y nos rinde homenaje lo mejor que puede y sabe. Yo creo que la ofenderemos gravemente si le ofrecemos pagar su obsequio en metálico, y que únicamente una atencioncilla delicada, por ejemplo, el envío de otro ejemplar de mi traducción...

Aquí Daura, el más escéptico, soltó carcajada formidable, y como la vieja reapareciese trayendo un plato de avellanas, se encaró con ella, y en campechano tono, le preguntó:

-Madre, ¿sabe usted quiénes somos? ¿Nos recibe bien porque nos conoce?

-Sí, señor -contestó ella, con una sonrisa entre picaresca y dulce, que dilató sus innumerables arrugas-. Sé quién son ustés, y Dios los bendiga -añadió, haciendo ademán de coger, para besarla, la mano de Daura, que la retiró, poniéndose colorado-. Lo explicaré mal... -prosiguió la vieja-; pero ya me entenderán ustés. Ustés son..., a modo así..., de predicaores, amos, y vienen a estos pueblos a decirnos algo de Dios, y de la otra vía, y de la gloria, y de lo que hay que sudar pa ser buenos. ¡Y poco falta que nos hacían ustés! Porque estamos, como el que dice, con el ojo cerrao, y el alma adormecía, hechos unos lilailas. ¡Secos estamos como los terrones allá por la canícula! El cura de este pueblo, la verdá, nunca nos preíca ni nos dice esta boca es mía; despacha su misa en un soplo..., y callao como un mulo siempre. Aquí no hay conventos, ni frailes, ni amparo pa el que quiere tratar la salvación. Por eso, cuando los vi a ustés con esa cara mortificá, y esa ropa negra, y esos libros en la faltriquera..., un brinco me dio la sangre, y dije entre mí: "Alégrate, Niceta, que ahí viene el remedio para la sequía... Misioneros tenemos, y ojalá que caigan en tu casa... "¡Y vean ustés; antes de oírles, solo con verles... ya se me abrieron las fuentes del corazón, y aquí me tienen ustés llorando como una boba!... ¡El Señor los bendiga!

Los sabios tuvieron el buen gusto de no echarse a reír. Daura intentó sacar a la vieja de su engaño, pero no fue creído, y optó por declararse misionero y ofrecer un sermón en plazo breve. A pesar de la improvisada comida y del día espléndido, regresaron cabizbajos y pensativos al tren de la tarde, y Marín Pujol, tocando a Daura en el codo, señaló la tierra resquebrajada, polvorosa, morena y dura que no revelaba el estremecimiento de la germinación, y dijo reflexivamente:

-Pues mire usted: también yo pienso a veces que padecemos una sequía muy larga.

A la pregunta de Lucio Sagris si habíamos sentido alguna vez el estremecimiento de lo sobrenatural, aquel soplo que en la alta noche hacía erizarse los cabellos de Job, casi todos nosotros respondimos (a fuer de burgueses prosaicos que somos) un "no" risueño. Dos o tres, sin embargo, exclamaron sin titubear que "sí"; y a los restantes, los puso la afirmación meditabundos.

-La impresión de lo sobrenatural -dijo Sagris, enderezándose en la mecedora-, a lo menos para mí, reviste formas variadísimas. No es sólo a la cabecera del moribundo, ni al reflejo de los cirios que alumbrarán al muerto, ni en la gruta de Lourdes, ni en alta mar, cuando lo inefable nos roza con sus alas. A veces basta el choque de una mirada, la luz de unos ojos, el movimiento de unos labios al articular palabras solemnes...

Interrumpieron a Sagris las chungas del auditorio, que creyó ver en aquellas frases una alusión al amor y a su peculiar afecto magnético. Al cesar el fuego graneado, Sagris hizo un mohín desdeñoso y un ademán que significaba "atiendan".

-Manía muy común -pronunció así que callamos- la de explicarlo todo por la recíproca atracción sexual. Hay en el mundo otras fuerzas y otras corrientes. Lo más notable de las revelaciones hipnóticas es que han demostrado hasta la evidencia que una persona enteramente desconocida y extraña puede, sin preliminar alguno, modificar profundamente nuestra sensibilidad nerviosa...

-Si es una mujer bonita, vaya si puede -advirtió Tresmes el incorregible.

-¡Bah! -murmuró flemáticamente Sagris-. El italiano Caminetto, con sólo fijar en usted las pupilas, le haría caer en sopor muy profundo... No me armen ustedes disputa sobre el hipnotismo; sacaríamos lo que el negro del sermón. El hipnotismo, hoy por hoy, tiene parte de charlatanismo y parte de ciencia, y no vamos aquí a deslindarlas. Que fotografíen efluvios y cuerpos astrales; yo no necesito esas pruebas materiales de la vida del espíritu. El mío, a guisa de balanza sensible, nota el peso más leve; cualquier influencia espiritual lo inclina. ¿Quieren que les confiese hasta qué extremo me dominó la fuerza de una voluntad? Confesión es, porque mucho hubo de pecado en mí, y siempre dura el remordimiento.

La cosa ocurrió siendo yo juez en Pontenova, una villita encantadora, como todas las que bañan las aguas del Miño, sea en la margen española o en la portuguesa. Debe Pontenova su nombre a un magnífico puente de la época de Carlos III, por el cual suelen pasar el río y refugiarse en Portugal los criminales a quienes persigue la Justicia. Así es que en Pontenova se reconcentra muchas veces la Guardia Civil y los desconocidos de mala traza infunden recelos. El puente se encontrará como a un cuarto de legua de la villa. Estos detalles son necesarios para que ustedes comprendan lo que sigue:

Una tarde, al volver de dar mi acostumbrado paseo, vi a la orilla de la carretera el cuerpo de un hombre, que más que vivo parecía cadáver. Acerquéme y noté que respiraba, y al mismo tiempo, al último rayo rojizo del sol, advertí la siniestra catadura del que yacía recostado en un montón de guijo. Los andrajos de la ropa, la descalcez de los pies destrozados y envueltos en trapos, la lividez del rostro, lo hirsuto de la barba, el anhelo de la respiración decían a las claras lo que era aquel hombre y por qué se encontraba en el camino de Pontenova. Mi instinto de magistrado se despertó, y pensé: "Un malhechor... Buena caza para mi amigo el teniente Pimentel".

Cuando me acudía tal idea, el hombre abrió los ojos, y vi cruzar por ellos un terror humilde, un miedo de liebre, una súplica elocuentísima. "Ahora eres cristiano y no juez", me gritó dentro una voz piadosa. Y tendiendo la mano al caído, le ofrecía asilo y socorro.

-No tengo más que hambre y cansancio... Hace cincuenta horas que no he probado alimento...

Al oír las palabras, y el acento lastimero que las profería, miré alrededor. La campiña y el camino estaban enteramente solitarios, y a mi casa, situada en las afueras de la población, podríamos llegar sin encontrar a nadie. Levanté como supe al desvalido; le hice apoyarse en mi brazo y, medio arrastra, le llevé hacia las tapias de mi jardín, al cual entraba yo por una puertecilla que daba a un soto. No tropezamos con alma viviente. Introduje a mi protegido en un cuarto bajo donde se guardaban trastos de desecho y, señalándole un sofá, le indiqué que descansase, mientras le traía de comer.

A los diez minutos volví con pan, una botella de jerez, bizcochos, jamón frío, fruta, queso, y me hice el distraído para permitirle devorar ansiosamente, a dentelladas, apurando copa tras copa. Y fue una cosa fulminante: acabar la postrera migaja, escurrir la postrera gota y caer en el viejo sofá, harto, feliz, dormido como una piedra.

Entonces me retiré y subí a mis habitaciones con ánimo de dejarle pasar la noche allí y despertarle a la madrugada, a fin de que cruzase el puente y se salvase. Ni aun se me ocurría reflexionar acerca de lo extraño de la situación, cuando vino a recordarme mis funciones y mis deberes el recado de que una mujer solicitaba hablar con el señor juez en aquel mismo instante. Mandé que entrase, y la claridad de mi lámpara alumbró una figura imponente.

Era, a juzgar por el traje, una aldeana de Castilla. Vestía de luto, y su estatura, ya muy elevada, la aumentaban las negras haldas y el ceñido justillo de estameña. Venía cubierta de polvo; apoyábase en un largo palo, y sus greñas grises se revolvían sobre una frente atezada, sombreando dos ojos de brasa, cuyo mirar me subyugó, como subyuga el de algunos retratos antiguos. Flaquísima, enhiesta, grave, la mujer se quedó en pie al otro lado de mi mesa-escritorio; y a mis preguntas, contestó en el lenguaje claro y castizo de su tierra:

-Soy viuda. Desde Burgos vengo siguiendo al asesino de mi marido, para que no consiga meterse en Portugal. Al principio me llevaba bastante delantera, pero hace días le voy a los alcances, sin dejarle entrar en poblado ni descansar en sitio ninguno. He pensado: "En no consintiéndole que duerma ni que coma, él acabará por entregarse". Y van dos días, por mi cuenta, que ni ha podido comer ni dormir.

Aquí la mujer calló y me clavó su mirada ígnea, como se clava un puñal. Al recibirla, sentí ese estremecimiento de que antes tratábamos, un escalofrío que no tiene nada que ver con el de la enfermedad ni con el que causa la baja temperatura, un escalofrío "no físico", sino más hondo.

"Lo sabe -pensé-. Sabe de cierto que su enemigo está aquí, oculto, amparado por el juez..."

Y mientras yo guardaba un silencio cargado de electricidad, la mujer añadió secamente, sin tratar de moverme a compasión, sino más bien a estilo del que acusa:

-A mi marido le mató "ése" aguardándole de noche en el robledal... Cinco cuchilladas le dio: una en el corazón, dos en el cuello, las otras dos en el vientre... Allí quedó para que lo comiesen los cuervos. Y yo aguarda, aguarda, hasta que viendo que no volvía, salí a buscarle y le topé así, con un charco de sangre negra debajo... Al momento dije a la Justicia: Fulano ha sido... Cuando quisieron echarle mano..., ya estaba él huyendo; pero yo detrás, como su sombra. Mi casa ha quedado abandonada; ni cerré la puerta al irme. Mi equipaje, este palo; mi vida, anda que te andarás. Nadie me dio seña ninguna; pero acerté con el rastro yo sola. En mi pueblo soy una persona acomodada, he venido pidiendo caridad. "Él" pudo esperarme en despoblado y acogotarme también; sólo que ya sabía yo que no se atrevería... ¡Porque a mí me acompaña Dios!...

Al pronunciar este santo nombre, con expresión tan trágica y solemne que creí escucharlo por primera vez, la vengadora alzó un dedo descarnado y se quedó muda, hincándome en el alma su terrible mirar. Fue un combate que duró más de un minuto entre sus ojos y los míos, hasta que acabé por querer desviarlos y no lo logré.

Comprendí que se apoderaba de mí, por la tensión increíble de su espíritu, por la energía de su deseo. El criminal también había influido en mí un instante; sólo que satisfecha la materia con la comida, la bebida y el sueño, el anhelo de salvarse que al pronto demostró, quedó extinguido. En cambio, la mujer que me presentaba despreciando las necesidades físicas, en pie, después de correr leguas y leguas, convertida en bronce, pero bronce caldeado por la llama de la voluntad.

Ríanse ustedes si quieren... Aquella mujer fea y vieja "pasó a mí", se me incorporó y me fascinó hasta tal punto, que, como en sueños, automáticamente, me levanté del sillón, tomé la lámpara, eché a andar, y bajando la escalera seguido de la negra figura, abrí la puerta del cuartucho y señalé al sofá donde el asesino reposaba...

Sagris, al llegar aquí, respiró fuerte, oprimido por la angustia.

-Y cuando le ahorcaron ¿sufrió usted?

-No sufrí más, ni siquiera tanto, como al otro día de entregarle... La vida de aquel malvado, en suma, no me importaba gran cosa. Lo que me alborotó la conciencia fue el hacerme cargo de que "desde afuera" pueden impulsarme así, obligarme a un acto tan decisivo... Por efecto de esta página de mi historia, temo más a una voluntad entera que a un cartucho de dinamita.

Refieren los viejos códices persas y cuentan las tradiciones conservadas en la India entre los emigrados "parsis", que guardan la religión reformada por Zoroastro, que no hubo en los ámbitos de la tierra rey más celebrado que Yemsid (ni el mismo Suleimán, a quien los hebreos llaman "Salomón"). Todo cuanto bueno y grato existe en el mundo, a Yemsid lo debieron sus súbditos, y gracias él, una comarca antes pobre y de groseras y selváticas costumbres, se transformó en emporio de civilización y en paraíso terrenal.

Viendo que su pueblo combatía con hondas, garrotes y hachas de sílex, inventó Yemsid las corvas cimitarras, las tajantes espadas, las corazas y cotas de fino temple y los puntiagudos cascos que ostentan los guerreros en las miniaturas del Schah-Nameh del poeta Firdusi; y los persas, antes indefensos y vencidos, fueron temidos de sus enemigos y dilataron los confines de su nación hasta más allá de la Bactriana y del Eúfrates. Viendo que andaban medio desnudos o vestidos de tosca lana, enseñóles a recoger, hilar y teñir las delicadas fibras del lino y hacer flexibles telas de lindos colores. Notando que moraban en chozas cónicas o en cuevas abiertas en la caliza, les mostró cómo se edifican amplias casas sustentadas en postes de cedro o en pilastras de jaspe, y cómo se trae al patio, rodeado de flores y arbustos, el surtidor de agua que recae en los tazones sembrando el aire de aljófares. Y el esmerado cultivo de la tierra y el sistema de la jardinería, y el trazado de las vías que unieron a la joven Persépolis con la antigua Babilonia, y el establecimiento de los bazares y ferias que dieron salida a los productos del suelo persa y riqueza a sus habitantes. Todo fue venturosa iniciativa del gran Yemsid.

No contento con haberles ofrecido victorias y oro, quiso proporcionarles gustos refinados y delicias incomparables, y esparció por su reino las enseñanzas del canto, de la música, de la poesía y de las artes, así como los secretos de la preparación de los aromas y esencias, ámbar, algalia e incienso, y de las bebidas y licores exquisitos que arrebatan los sentidos y acrecientan la intensidad de la vida, duplicando las facultades para el goce.

Y como si desease cifrar y compendiar en una sola fruición delicadísima y sublime el conjunto de cuantos bienes y deleites había proporcionado a sus vasallos, Yemsid creó para ellos "la mujer", esa "mujer" de finísimo tipo que reproducen las pinturas persas, la de rostro pálido como la luna, cejas de irreprochable arco, inmensos ojos de gacela, cabellera oscura como el jacinto, talle redondo y fino como el ciprés.

La creó del modo que se crea a la mujer, a la dama: por el adorno, por la elegancia, por la molicie, por el retiro y el descanso, a fin de que el pie, desnudo en la bordada babucha, sean una concha de nácar, y la mano, un pétalo de rosa del Gulistán.

La creó enseñando a los pecadores del golfo y a los que recorren las costas más allá del estrecho de Ormuz, a arrancar del seno de las aguas los corales encendidos y las redondas y lucientes perlas que en sartas rodean el cuello de las favoritas.

La creó trayendo de Arabia muelles, alfombras y cojines, donde se reclinase en lánguida postura, y ordenando a los poetas que la cantasen en sus estancias, y los músicos que afinasen las guzlas para que a su son se armasen danzas en los terrados, cuando la noche descorre su manto de estrellas.

Y con la aparición radiante de la mujer, los persas creyeron que descendían al mundo de los genios de la luz o las celestes Peris, que revelan la belleza de la existencia inmortal.

Entre tanto, el monarca bienhechor vivía recluido en los jardines de su palacio, en un recinto cerrado y misterioso, donde no penetraba nadie. Era, en el fondo de agreste bosquecillo, una pobre cabaña igual a la de los leñadores y carboneros, con techo de paja y piso terrizo. Allí, desnudo bajo el ardiente sol, ceñidos los riñones con una cuerda de cáñamo, comiendo desabridas raíces que él mismo recogía, bebiendo el agua de un pantano, llevaba el poderoso Yemsid la austera existencia del penitente.

Cuando se presentaba en público, le escoltaban mil soldados ninivitas, con corazas de plata, y le precedían doce elefantes blancos, con caparazones de púrpura. Pero en el retiro de su cabaña, después de haber saturado de dichas y placeres a sus súbditos, Yemsid se sometía voluntariamente a crueles maceraciones, y ni aún sabía el color de las pupilas de las innumerables esclavas hermosísimas que velaban todas las noches, encendida la perfumada lámpara, ungida de nardo y almizcle, en las cámaras interiores de palacio, esperando a su dueño.

Y como llevase ya muchos años de tan extraña vida, una tarde, a la hora en que el sol se oculta, apareciósele el Mal Principio, Arimán en persona, y le interrogó:

-¿Por qué te sujetas a tantas privaciones, Yemsid, mientras colmas de deleite y alegría a tus vasallos?

-Ahora lo sabrás, Maldito... -contestó desdeñosamente el rey-. Lo sabrás para gloria mía y afrenta tuya. Es que he querido dejar a los demás hombres las satisfacciones pasajeras y terrenales, y reservarme la dicha de ser el único de mi imperio que vive espiritualmente. Para ellos, el efímero recreo de los sentidos y de la imaginación, los perfumes, los acordes de la música, los suspiros de la poesía, las caricias de la mujer; para mí, la armonía de los planetas al girar en sus órbitas, los conciertos interiores de las siete virtudes, las emanaciones de la divinidad de Ormuz y las invisibles sonrisas de las inteligencias celestiales. Por eso, Maldito, tienes que prosternarte en mi presencia. ¡Yo te subyugo, mediante la fuerza de mi santidad!

Aparentando confusión y terror, Arimán se prosternó, en efecto. Pero entre espasmos de alegría infernal, pensó para sí:

"¡Eres mío! ¡Eres mío!"

De allí a algún tiempo empezó a esparcirse por Persia la noticia de que el poderoso Yemsid, el bienhechor, el civilizador, no era un mortal, sino una encarnación de la divinidad en forma humana, y muchos aduladores fabricaron idolillos que tenían la figura del rey, y los adoraron y les ofrecieron sacrificio. Era Arimán el que difundía esta voz. Pero cuando Yemsid lo supo, estremeciéndose de gozo, sin advertir que, envuelto en sus negras alas, el Mal Principio repetía no menos regocijado:

-¡Eres mío! ¡Mío el gran monarca de Persia!

Ciego de orgullo, resolvió Yemsid presentarse en el templo revestido con el traje del Fuego, bordadas las llamas de pedrería sobre su túnica y ceñida la frente con la mitra solar. Y como muchos que le acataban rey se resistían a reconocerle dios, los condenó a morir entre espantosos suplicios. Enajenáronle estas crueldades la voluntad de su pueblo, y cuando el príncipe de Arabia, Doac, al frente de su belicosas huestes, sitió a Persépolis, los habitantes le abrieron las puertas.

Huyó Yemsid, ocultándose en las cuevas y en las ruinas, mas al fin le descubrieron y le llevaron maniatado a la presencia del vencedor.

-Serradle al medio el cuerpo -ordenó éste-, y perezcan así los que son dobles en su alma y con las prácticas de los santos encubren la soberbia de los demonios.

Esteban llevaba, no con buen ánimo, sino con regocijo, el peso de sus votos. Era de los que ingresan en el seminario por pura vocación y de éstos no hay muchos, pues si hogaño el clero en general tiene quizá mejores costumbres que antaño, no cabe duda que el gran impulso religioso va extinguiéndose y escaseando las vocaciones decididas y entusiastas.

La de Esteban debe contarse entre las más resueltas. Así que se vio investido del privilegio de sostener entre sus manos el cuerpo de Cristo, que por la fuerza de las palabras de la Consagración descendía desde las alturas del cielo, Esteban quiso ser digno de tal honor, y entregándose a la mortificación y a la piedad, gozó la fruición del sacrificio, el deleite de renunciar a todo con abnegación suprema y pisotear bienes, mundanas alegrías, efímeras felicidades, mentiras de la carne y de la imaginación, por una verdad, pero tan grande, que sólo puede llenar nuestro vacío.

Al ordenarse no había pensado Esteban ni un momento en pingües curatos, en prebendas descansadas, en capellanías aparatosas. La mitra no brillaba en sus sueños, ni vio refulgir sobre su dedo, cual mística violeta, la amatista pastoral.

Lo que ansiaba era, por el contrario, una función útil y oscura. Sus propósitos consistían en fundar, con sus bienes y con lo que juntase implorando aquí y allí (en la humillación estaría el mérito precisamente) alguna institución de beneficencia: un hospital, un asilo, un sanatorio, un refugio para el dolor. Esteban que era valiente y, sin querer, cifraba su orgullo en cultivar esta virtud varonil, tenía determinado que los infelices recogidos en su instituto fuesen enfermos de mal horrible, repugnante y contagioso, como lepra y cáncer. Y al consultarse y medir sus fuerzas, sólo recelaba que le hiciesen traición cuando más las necesitase; que al llamar por el heroísmo, el heroísmo desapareciese como manantial sorbido por la arena.

Para ensayar y probar sus bríos, Esteban buscaba ocasiones de instalarse a la cabecera de los que padecían enfermedades repulsivas, y los asistía con ternura y celo incansables, cerciorándose de que la voluntad se impone a los sentidos, y las leyendas donde se refiere que las úlceras pueden convertirse en rosas y despedir fragancia celestial, no son más que bello símbolo de la misteriosa transformación que la caridad realiza extrayendo aromas de la fetidez, como extrae perlas de lágrimas...

Una tarde avisaron a Esteban de que un enfermo grave -un mendigo- reclamaba su asistencia espiritual. Vivía el enfermo en calle asaz extraviada. Esteban le encontró ya en trance tan angustioso y con tales bascas y agonías, que vio cercano su fin.

En efecto, a la una de la madrugada, el moribundo, volviéndose hacia la pared, exhalaba el último aliento. Cerrado que hubo los ojos al cadáver, Esteban salió para descansar algo y regresar, así que amaneciese, con mortaja, velas, dinero para la caja: lo indispensable que faltaba allí, por ser la miseria mucha.

La una de la madrugada es hora intempestiva para un sacerdote, y Esteban, al encontrarse en la calle silenciosa, experimentó una impresión desagradable, una crispación de nervios. Un gato negro, famélico, que sin duda merodeaba buscando piltrafas y mendrugos entre los montones de basura, pasó rozándole los manteos, y Esteban se estremeció al entrever la silueta embrujada del animal.

Casi al mismo tiempo, al revolver de la esquina, destacóse un bulto de la penumbra de una puerta entreabierta sobre un portal angosto y sombrío. Era una mujer que vestía el uniforme del vicio callejero: el pañolito de seda echado a la frente, medio encubriendo los caracoles de los ricillos, y el pañolón de lana color café, estrechamente ceñido al cuerpo y subido a la altura de la boca con flexión característica de la mano. Innoble tufarada de polvos de arroz baratos y esencias de violento almizcle se exhalaban de aquella criatura, y a la luz amarilla del farol relucía el colorete de sus labios, el albayalde de sus mejillas, y sus ojos, torpemente agrandados con tiznones.

Rápida y procaz, la moza se acercó al sacerdote y le cogió de la manga, articulando descarado requiebro. Sintió Esteban la misma impresión que si le tocase un reptil. Echóse atrás, y con ojos que abofeteaban, lanzó a la mujer una mirada llena de inmenso desprecio, de asco invencible, mientras sus labios, en voz que escupía, pronunciaba una frase durísima, contundente. La mujer soltó la manga y el sacerdote siguió su camino.

Apenas hubo andado cien pasos, notó extraño desasosiego, pero en el corazón, algo que pudiera llamarse remordimiento de conciencia. Advertía un descontento de sí propio, tan grave y profundo que le ahogaba. La imagen de la mujer se le aparecía nuevamente; pero en vez de sonreír provocando, tenía los ojos preñados de lágrimas y el rostro enrojecido de vergüenza. La representación de la pecadora fue tan viva, que Esteban creyó sentir su aliento y su gemido muy cerca del rostro. Se detuvo, vaciló, se pasó la mano por la frente, y al fin, volviendo atrás, desanduvo lo andado, y en la esquina, delante del portal lóbrego y miserable, vio a la de pañolón en la misma actitud de acecho.

Sí; allí estaba; pero en vez de llamar a Esteban como antes, al divisarle se hizo a un lado, queriendo esconderse. El sacerdote se acercó. La mujer retrocedía más y más, incrustándose en las tinieblas del sospechoso y mal oliente portal, y alzando el mantón para encubrir el rostro.

Cuando se convenció de que Esteban se aproximaba adrede, la mujer, ronca, enérgicamente, exclamó:

-¡Con cualquiera y no con usted!

Titubeó Esteban dos segundos. Al fin, venciendo un nuevo impulso de horror, dijo balbuciente y cruzando las manos:

-Se equivoca usted, hermana... Si he dado la vuelta, es porque la traté a usted muy mal..., y le quiero pedir perdón. He insultado a usted antes; me arrepiento... Perdóneme; se lo suplico.

Ella le miró recelosa y atónita, y él, entre tanto, la examinaba a su vez. Representaba la sin ventura de treinta a treinta y cinco años: escuálida y marchita bajo los afeites que la embadurnaban, su boca enjuta, sus ojos febriles, su hálito fatigoso, delataban la mala salud, tal vez el hambre. En su cara revelábase tedio y cansancio; en su actitud, la humildad insolente de ser quien todos tienen fuero para pisotear. Una ola de lástima se derramó por el alma de Esteban. Lleno de unción, tomó sin falsos pudores la diestra calenturienta de la mujer, y murmurando amorosamente:

-Hermana, si me perdona, hágame un favor. Véngase a mi casa. No esté usted ni un minuto más en esta calle, ni vuelva a subir "ahí".

Dudosa aún sobre las verdaderas intenciones de Esteban, fluctuando entre el asombro y la desconfianza, la mujer aceptó, vencida por la benignidad con que se expresaba aquel sacerdote joven, de rígidas líneas, de macilenta faz. Hay en la cortesía de los modales y en la calma de la voz algo que se impone a la gente plebeya y tosca. La meretriz echó a andar, y fue una singular pareja la que hacían por las desiertas calles el ministro de Dios y la vulgar cortesana, silenciosos, midiendo el paso, sordos a los comentarios de algún maldiciente; porque ni la caridad entiende de escrúpulos, ni de recato la infamia.

A la puerta de su vivienda, Esteban se detuvo, y sacando un llavín, se lo entregó a la mujer.

-Entre usted -le dijo-, hay fuego, luz, cena y cama; todo preparado para cuando yo llegase. Caliéntese usted, coma, acuéstese, duerma... pero antes de acostarse rece, si es que sabe, un avemaría. Mañana nos veremos. Hasta mañana.

-Sé rezar, no se crea usted -contestó la mujer; e hizo muestra de arrodillarse, si Esteban lo consintiese.

No preguntó más. Había comprendido por fin. ¿Comprendido? No, adivinado; que la mujer del pueblo no necesita reflexionar; se asimila instantáneamente las acciones generosas y los grandes movimientos del corazón. Subió sin temor; devoró la frugal cena; se agazapó en la estrecha camita de hierro..., y al ver a la cabecera una escultura de la Virgen, ante la cual parpadeaba un lamparín de aceite, rezó con fe absoluta: así rezan los creyentes pecadores.

Esteban pasó la noche en la calle. Fue una noche venturosa; la noche de bodas de su espíritu. Embriaguez divina, inefable exaltación le impedían sentir ni el frío, ni el sueño, ni el desfallecimiento del estómago. Como el caballero andante que vela sus armas antes de salir a buscar gloriosas aventuras; como el enamorado que ronda los balcones de su amada, no notaba siquiera que tenía cuerpo, y que ese cuerpo de barro reclamaba lo suyo. Allá arriba, en la propia casa de Esteban, estaba el ideal, el objeto de su vida, la razón de su ser. Lo había visto a la breve luz de relámpago que deslumbró a San Pablo, de la estrella que guió a los reyes de Oriente. Era el llamamiento, la voz, la señal de arriba, la iluminación, la revelación.

¿Qué vale asistir a los enfermos y llagados del cuerpo? El vicio hiede más que la lepra y tiene más raíces que el pólipo; y luchar con el vicio que repugna, con el vicio que provoca en el alma la náusea del asco y el hervor amargo del menosprecio, eso es meritorio, eso es lo que no hará el enfermero laico, tal vez impío, y sólo puede hacer el Nazareno, de quien es figura y ministro el sacerdote...

Esteban fundó un asilo de penitencia y redención. Hoy ha caído el asilo en manos frías y mercenarias; pero mientras vivió el fundador y pudo incendiarlo con su caridad, el asilo obró maravillas. Creed que ningún destello de amor se pierde; creed que no hay mármol que no ablande el amor.

Aunque Alejandría fuese entonces una ciudad de corrupción y molicie, pagana aún, y pagana con terca furia, contenía matrimonios cristianos unidos por el amor más acendrado y tierno. Dora era del número de esposas fieles que, cerrando su cancilla al anochecer, pasaba la velada con su marido hasta que un mozo perverso, menino del emperador, todo perfumado de esencias, de rizada barba, después de rondarla mucho tiempo y enviarle mensajes y presentes por medio de cierta vieja hechicera zurcidora de voluntades, logró sorprenderla en una de esas horas en que la virtud desfallece, y ayudado de mal espíritu, triunfó de la constancia de Dora.

Vino el arrepentimiento pisando los talones al delito, y Dora, avergonzada, resolvió dejar su casa, su hogar, su compañero, y condenarse a soledad perpetua y a perpetuo llanto. Cortó sus largos y finos cabellos; rapó sus delicadas cejas; vistióse de hombre y fue a llamar a las puertas de un monasterio que distaba como seis leguas de Alejandría, suplicando al abad que la admitiese en el noviciado. Por probar su vocación, el abad ordenó al postulante pasar la noche en el atrio del monasterio.

Era el lugar solitario y hórrido: el aire traía a los oídos de Dora el rugir de las fieras, que bajaban a beber al río, y a su nariz la ráfaga de almizcle que despedían los caimanes emboscados entre cañas y juncos. Con los brazos en cruz, se dispuso a morir; pero amaneció: una faja de anaranjada claridad anunció la salida de un sol de fuego, y las puertas del monasterio se abrieron, resonando el esquilón que convocaba a la primera misa.

Dora desplegó en su noviciado un fervor inaudito hasta en aquellos lugares donde el ascetismo y la mortificación tenían aulas y maestros que no han sido igualados nunca. Temerosa de que al destrozar la intemperie sus ropas se averiguase su sexo, no se atrevió Dora a encaramarse sobre su estela; pero -excepto la terrible gimnasia de los numerosos estilitas que eran estatuas vivas de la penitencia, bronceados por el sol implacable-, Dora practicó cuantas mortificaciones puede concebir la fantasía soñando un ideal de martirio.

Mordazas y cadenas de hierro; abrojos y espinas a raíz de la carne; ayunos y abstinencias de agua, hasta que se le pegase a las fauces la seca lengua y su aliento fuese como el del can que ha corrido mucho; caminatas sobre las destrozadas rodillas; disciplinas, lecho de guijarros, manjares desazonados adrede..., todo lo apuró la arrepentida, sin saciar sus anhelos de padecer y padecer más y más. Y no eran las torturas materiales lo que en las horas de tinieblas convertían sus ojos en dos arroyos de lágrimas. Era la nostalgia de su hogar, la memoria de su compañero, a quien quería con incontrastable amor, tal vez más desde que le había afrentado secretamente. Sabedor el demonio de estas aflicciones de Dora, solía tomar la figura del esposo ausente, llegarse a ella diciéndole los requiebros y dulzuras que solía cuando se hallaban juntos, suplicarle que volviese a su lado, que la falta estaba perdonada y expiada de sobra...; pero antes quería Dora caerse muerta que aparecerse ante los ojos del que amaba y había ofendido.

Acostumbraban en el monasterio ordenar al que creían joven penitente los oficios más humildes, y un día el abad mandó a Dora que fuese con los camellos a buscar trigo a la ciudad, y que si no podía volverse antes de anochecido, se quedase a dormir en un molino próximo a la puerta de Roseta. Obedeció Dora, y faltándole tiempo, quedóse en el molino. A pesar de maceraciones y ayunos, Dora, con el pelo ensortijado que volvía a crecer, aún parecía un mancebo como unas flores; y habiéndola visto una cortesana del barrio de Racotis, se entró en el molino a requerir al que por monje tenía. Rechazada la mujerzuela, quedó picada en su amor propio y deseosa de venganza, y hallándose después encinta, cuando nació un niño lo envió al abad en un cesto de mimbres, diciendo que era hijo de cierto mal penitente que había pasado en el molino tal noche. Acosaban a Dora las apariencias; con una sola palabra podría vindicarse; pero aceptó la humillación y calló. Entonces el abad le impuso un castigo extraño. "Monje pecador -le dijo-, de hoy más te ordeno que vivas en el monte, y allí críes y cuides a ese niño, fruto de tu maldad. Si os devoran las fieras, será justicia de Dios. Toma la criatura y vete".

Dora cogió en brazos al niño e hizo la señal de la cruz y salió hacia la montaña.

Guarecida en una caverna, dedicóse a criar al pequeñuelo. Con leche de ovejas le sustentó, y para darle abrigo fabricó una pobre choza cónica, de adobes. Renunciando a las austeridades que podrían destruir su salud y dejar sin amparo a la tierna criatura, se consagró a trabajar, a cultivar un huerto, a sembrar y plantar en él legumbres y frutales, a cercarlo de una empalizada; a fin de vestir al muchacho, hiló copos de lana y lino y tejió groseras telas. Agricultora e industriosa, Dora atendió a todas las necesidades del rapaz y consiguió verle crecer fuerte, sano, lindo y alegre. Y a medida que crecía y lozaneaba, notó Dora en sí amor vehemente, calor de entrañas maternales para el pobre ser abandonado, que no había conocido otra familia ni otro arrimo en el mundo. Advirtió con sorpresa que no acertaba a apartarse ni un minuto de la criatura; que vivía suspensa de su graciosa charla y embelesada con sus monerías, sus dichos salados y encantadoras travesuras; y que, al acrecentarse en su alma este cariño arrollador como las olas que azotan el faro, las representaciones del pasado iban borrándose de su memoria: el remordimiento de su flaqueza, la nostalgia de su esposo, la vergüenza y el dolor, el arrepentimiento y el deseo de expiar la culpa.

Todo, todo desaparecía ante el niño, en cuya compañía sentíase Dora como en la bienaventuranza, pensando haber encontrado el norte y fin de su existencia cuando con sus manitas le halagaba el rostro, o la besaba con sus labios de fresco clavel.

En este estado de descuido vivía Dora, cuando una tarde de estío al sacar agua de la cisterna, creyó ver en el fondo de ella un rostro triste y pálido -el propio rostro de su marido-. Mas no era en la cisterna, sino en el espíritu de Dora, donde reaparecía la dolorida imagen; y para advertencia bastó. Sin dilación, la mísera pecadora tomó de la mano al niño, y despedazándose por dentro, sintiendo que sus extrañas chorreaban sangre -porque adoraba en el rapaz más que si lo hubiese parido y amamantado-, corrió al monasterio, echóse a los pies del abad y, deshecha en lágrimas, entre desmayos y accidentes, confesó la verdad toda.

-Me diste este niño por castigo, y yo he poseído en él el gozo más grande que puede haber en el mundo. Ahí tienes por qué te lo entrego pues no es lícito a una pecadora tan grande conservar lo que la llena de ventura y de contento. Me vuelvo al monte, y en la caverna más horrenda que encuentre volveré a emprender mi penitencia con doble rigor para recuperar el tiempo perdido y castigar el delito de antes y la tibieza de ahora. Permíteme que una vez más estreche en mis brazos al niño..., y adiós; no volverás a saber de mí hasta que recojas mi cuerpo para enterrarlo.

El abad, que era varón de Dios, levantó a Dora del polvo donde yacía postrada, y le dijo solemnemente:

-Ve en paz y ruega por mí. La penitencia que hagas de hoy en adelante no es necesaria ya para obtener el perdón de tu pecado. Al separarte de este niño, al renunciar a lo que amas, hiciste la mejor penitenciaría. Más fácil es azotarse los lomos que azotarse el corazón, y menos duele un cilicio en la cintura que en la voluntad. La última prueba será corta: pronto recogeré tu santo cuerpo.

Y al año lo recogió piadosamente, como piadosamente debe leerse esta historia, algo semejante a la de Santa Teodora Alejandrina, cuya fiesta celebra la Iglesia el 14 de septiembre.

Ya despuntaba la macilenta aurora de un día de febrero, cuando Nati se bajó del coche y entró en su domicilio furtivamente, haciendo uso de un diminuto llavín inglés. No tenía que pensar en recatarse del cochero, pues el coche no era de alquiler, y alguien que acompañaba a la dama, al salir ella, se agazapó en el fondo de la berlina.

Nati subió precipitadamente la solitaria escalera, muy recelosa de encontrar algún criado que en tal pergeño le sorprendiese. El temor salió vano, pues reinaba en la suntuosa casa silencio profundo. Sin duda, no se había despertado ninguno de sus moradores. En la antesala, Nati se halló a oscuras, sintiendo bajo los pies la blandura del denso y profundo tapiz de Esmirna. A tientas buscó el registro de la luz eléctrica; giró la llave, y se inundó de claridad el recinto. Orientada ya, abriendo y cerrando puertas con precaución, cruzando un largo pasillo y dos o tres espaciosos salones ricamente alhajados, Nati, en puntillas, llegó a su tocador. Encendidas las luces, hizo lo que hace indefectiblemente toda mujer que vuelve de un baile o una fiesta: se miró despacio al espejo. Éste era enorme, de cuerpo entero, de tres lunas movibles, y las iluminaban oportunamente gruesos tulipanes de cristal rosa, facetados. Nati vio su imagen con una claridad y un relieve impecables.

Apreció todos los detalles. El dominó blanco, arrugado, mostraba sobre la tersura del raso, pegajosos y amarillentos manchones de vino; un trozo de delicada blonda pendía desgarrado, hecho trizas. Caído hacia atrás el capuchón y colgado de la muñeca el antifaz de terciopelo, se destacaba el rostro desencajado, fatigado, severo a fuerza de cansancio y de crispación nerviosa. Las sienes se hundían, las ojeras oscurecían y ahondaban, los ojos apagados revelaban la atonía del organismo; la boca se sumía contraída por el tedio, las mejillas eran dos rosas marchitas y lacias, dos flores sin agua, sin perfume, pisoteadas, hechas un guiñapo. El pelo, desordenado y revuelto sin gracia, se desflecaba sobre la frente, y en la garganta, poco mórbida, las perlas parecían cuajadas lágrimas de remordimiento y de vergüenza...

Nati se estremeció, sintió un escalofrío mientras iba desnudándose, quitándose los zapatos de seda, desprendiendo alfileres y desabrochando corchetes. Cuando, después de soltar el dominó y de arrancarse las joyas, abrió el grifo del lavabo y se pasó por ojos y cara la esponja húmeda, volvió no ya a estremecerse, sino a temblar, a tiritar de frío, notando un malestar que le llenó de aprensión. No era, sin embargo, enfermedad; era la náusea, la invencible repugnancia que engendran los desórdenes y es su reato y su castigo.

¿Será ella misma, Nati, la que ha pasado así la noche del martes de Carnaval? ¿Ella la que ha preparado aquel capuchón, la que ha combinado el modo de salir secretamente, la que ha jugado su decoro y su fama por unas horas de delirio? ¿Qué hacia ella en aquel palco, entre aquellos insensatos, en aquella cena, cerca de aquel hombre cuyo hálito quemaba, cuyos labios reían provocadores, cuyas palabras destilaban en el corazón llama y ponzoña? Aquellas necias carcajadas, con la cabeza echada atrás, con la boca abierta y descompuesta la actitud, ¿las había exhalado ella? Aquellas frases a cual más profanas y libres, ¿era Nati, la esposa, la madre de familia, la dama respetada por todos, quien las había escuchado, y consentido, y celebrado entre el aturdimiento y la algazara de la bacanal?

Nati miró a la vidriera, que había quedado abierta. Una claridad lívida, azulada y triste hacia amarillear la de los focos eléctricos. Era el amanecer que derramó en las venas de Nati más hielo. Apagó las luces, se envolvió en una bata acolchada y con inmensa fatiga se dejó caer en el ancho diván oriental. Por un instante le pareció que cerraba sus ojos invencible sueño; pero casi al punto la despabiló una idea. ¡Miércoles de Ceniza! Había escogido la mañana del Miércoles de Ceniza... para su desatinada aventura.

... ¡Miércoles de Ceniza!... El mismo día en que su madre, después de una vida de virtudes y sufrimientos, había entregado el alma; día que conmemoraba para Nati el más triste aniversario. ¿Cómo no se acordó antes de arreglar la escapatoria? ¿Cómo la imagen del martes de Carnaval borró de su mente el recuerdo del Miércoles de Ceniza?

Saltó Nati del diván, dando diente con diente, pero animada por una resolución: la de expiar, la de hacer penitencia, la de reconciliarse con Dios sin tardanza. Abrió el armario y se calzó ella misma: descolgó un traje, el más sencillo, negro; se echó una mantilla, se envolvió en un abrigo..., y desandando lo andado, volviendo a recorrer salones y pasillos, bajando la escalera, lanzóse a la calle. Iba como en volandas, impulsada por una sed de purificación parecida al deseo de lavarse que se nota después de un largo viaje, cuando nos encontramos cubiertos de suciedad y de impurezas. ¡La Iglesia! ¡La redentora, la consoladora, la gran piscina de agua clara agitada por el ángel y en que se sumerge el corazón para salir curado de todos los males y nostalgias! Nati corría, pareciéndole que cuanto más se apresuraba más se alejaba de la bienhechora iglesia. Por fin la divisó, cruzó el pórtico, persignándose, tomó agua bendita y se arrodilló delante del altar, donde un sacerdote

imponía la ceniza a unos cuantos fieles madrugadores... Nati presentó la frente, oyó el fatídico Memento homo, quia pulvis eris..., y sintió los dedos del sacerdote que tocaban sus sienes, y a la vez un agudo dolor, como si la hubiesen quemado con un ascua... Al mismo tiempo, los devotos, postrados alrededor, la miraron fijamente, y deletreando lo que en su frente se leía escrito, repitieron atónitos: "¡Pecado!"

Alzóse Nati de un brinco, y huyó de la iglesia. Había amanecido del todo; era hermosa la mañanita, y las calles estaban llenas de gente. Nati percibió que se volvían, que la contemplaban con extrañeza, que la señalaban, que se reían, que exclamaban: "¡Pecado! ¡Pecado!"

Y los transeúntes se detenían, y se formaban grupos, y la palabra "pecado", pronunciada por cien voces, formaba un coro terrible de reprobación y maldición, que resonaba en los oídos de la señora como el rugido del mar en los del náufrago... "¡Pecado! ¡Pecado!...", dicho en el tono de la indignación, de la cólera, del desprecio, de la mofa, de la ironía, de la conmiseración también... Nati bajaba el velo, quería taparse la frente donde aparecía en caracteres rojos el letrero fatídico...; pero la negra granadina volvía a subir, y la humillada frente se presentaba descubierta ante la multitud... Nati puso las manos, pero conoció que se volvían transparentes como el vidrio, y que al través se leía el letrero más claro, más rojo... Entonces, horrorizada, exhaló un clamor de agonía y se desplomó al suelo moribunda.

Cuando Nati despertó -porque realmente se había quedado dormida sobre el diván-, vio al abrir los ojos (el tocador estaba inundado de sol) a su marido de pie, examinando la careta y el arrugado dominó, caídos delante del diván, hechos un rebujo.